CHAT GLACÉ

LES ASSASSINS À MOUSTACHES, TOME 2

SKYE MACKINNON

Traduction par
LORRAINE COCQUELIN , VALENTIN TRANSLATION

Peryton Press

*À la mémoire de Mitza, aussi connue sous les noms de Muffin,
Concombre et d'un tas d'autres surnoms alimentaires.
Tes ronrons vont nous manquer.*

RÉSUMÉ

Les hommes sont comme les chats. Ils ne font pas ce qu'on leur demande et réclament sans cesse des caresses.

Kat regrette le temps où elle était une tueuse travaillant en solitaire. Au lieu d'enchaîner les assassinats de sang-froid, elle se coltine deux hommes et demi qui se disputent son attention. Mais, avec cette nouvelle crise qui émerge, elle n'a pas le temps pour une relation, et encore moins pour trois.

Des chatons se font enlever, dont le fils de Ryker. Y a-t-il un tueur dans la nature, ou bien quelqu'un essaie-t-il d'attirer l'attention de Kat ?

Un urban fantasy plein de chats, de secrets et de meurtres. Dans ce harem inversé au rythme tranquille, Kat trouvera un jour les hommes de sa vie.

NOTE DE L'AUTEURE

Aucun animal n'a été maltraité pour la rédaction de ce livre. Deux lapins ont au contraire reçu des tonnes de câlins (et ont en échange tellement mordillé les chaussettes de l'auteure qu'ils les ont percées).

Toutefois, certaines scènes peuvent bouleverser les amoureux des animaux.

Comme vous l'avez découvert dans le premier tome, ce livre se situe dans un monde très similaire au nôtre, avec cependant quelques différences notables. La technologie s'est développée différemment. Bien que certains appareils de notre quotidien y soient présents, tels que les télévisions, il n'existe aucun téléphone portable, pas de voiture ou d'Internet. Pas d'armes à feu non plus.

Pour connaître toutes les mises à jour, vous pouvez souscrire à la newsletter de Skye : skyemackinnon.com/francais.

CHAPITRE 1

C'est officiel. Je suis devenue une vieille folle à chats. La horde de chatons à mes pieds en est la preuve vivante.

Sept petits, de toutes les couleurs et de toutes les formes. Ils sont présentés comme s'ils venaient de la même portée, mais bien que je sache qu'une telle différence soit possible, j'en doute fortement. L'un des chats roux a un pelage si duveteux que l'on voit à peine ses yeux en dessous. L'un de ses frères – à supposer qu'ils soient bien de la même famille – n'a quasiment pas de poil et semble presque nu. Je pense que c'est normal, et pourtant, je n'arrête pas de me dire que quelqu'un devrait lui tricoter une couverture.

Pas moi, évidemment. La seule chose que je sais faire avec des aiguilles, c'est crever les yeux de quelqu'un. Elles sont vachement efficaces pour ça, d'ailleurs.

— Qu'est-ce que je vais bien pouvoir faire de vous ? marmonné-je en observant les chatons.

Ils m'ont été livrés de manière anonyme, avec juste un sac de croquettes et un mot écrit à la main qui stipulait « don ». Je secoue la tête, incrédule. Un don de sept chatons. Pas vraiment ce dont j'ai besoin à l'heure actuelle. J'ai suffisamment de choses à gérer sans y ajouter un tas de boules de poils réclamant mon attention à coups de miaulements.

— Des chats !

Benjamin descendit l'escalier, tout excité. Très bien, si je suis une vieille folle à chats, lui a atteint un tout autre niveau de folie. Le vieux délirant à chats ?

Je le laisse à présent se charger de nourrir et câliner les félins, même si je m'acquitte parfois de cette dernière tâche aussi. Rares sont ceux qui me le demandent. Ce sont des animaux fiers, et comme je comprends leur langage, je n'agis pas avec eux comme un humain venant les caresser. Avec Benjamin, ils peuvent prétendre n'être que d'adorables animaux pelucheux ; avec moi, ils se sentent obligés de prouver qu'ils sont hyper intelligents et qu'ils déchirent. Heureusement, ces chatons n'ont pas encore appris la distinction et ils se frottent à mes jambes pour réclamer mes caresses.

— Ils ont été apportés il y a une heure, dis-je à Benjamin. J'imagine que tu ne sais rien à ce sujet ?

Personne n'aurait pu remarquer le tressaillement de sa paupière droite. Mais je suis une professionnelle.

— Benjamin ?!

Il hausse les épaules.

— J'ai dit à un ami que je voulais des chats errants. C'est peut-être lui.

Je le fusille des yeux.

— Tu as donné notre adresse à ton ami ?!

— Ne me regarde pas comme ça ! Il la connaît déjà. Il nous a adressé des clients, d'ailleurs.

L'un des chats essaye de grimper sur ma jambe ; je l'attrape pour le câliner dans mes bras.

— Des chatons, alors ?

Je soupire.

— Ils sont sous ta responsabilité. Si tu n'arrives pas à

t'occuper d'eux, je demanderai à l'un des chats adultes de les accepter dans leur famille.

Benjamin me fait un sourire joyeux.

— Ils ne manqueront de rien.

— Tant que *Miaou* ne manque de rien non plus, l'avertis-je. C'est toujours une entreprise, tu te souviens ? Le nombre de chats vivant ici n'y change rien. Nous ne sommes *pas* un refuge.

Je le laisse dans le jardin, emportant le chaton avec moi. Elle possède un poil noir brillant et de lumineux yeux bleus cerclés d'argent. Une nuance peu courante et tout à fait saisissante.

— Tu as déjà un nom ? lui demandé-je.

Elle est cependant trop jeune pour comprendre. Elle ne doit pas avoir plus de quatre ou cinq semaines ; or, les chats ne développent la capacité de me comprendre sous forme humaine qu'à huit semaines environ. Je pourrais me transformer, mais je vais déjà devoir le faire bientôt, et deux fois en aussi peu de temps, ça coûte de l'énergie.

Je redoute cette métamorphose. Pas à cause du processus lui-même, mais à cause de la conversation que je vais avoir. Avec Ryker. Le chat qui n'en est pas un. Qui me trompe depuis notre rencontre. D'accord, il ne m'a jamais dit, dans les yeux : « Salut, je m'appelle Ryker et je suis un chat, pas un métamorphe ». Ça devrait pourtant être de la simple courtoisie féline que de révéler son espèce à une collègue métamorphe.

Il a quitté la ville depuis quelques jours, me laissant le temps de répéter notre conversation à de nombreuses reprises. Pourtant, je ne me sens pas du tout préparée. Pour me distraire, j'ai entrepris de nettoyer le reste du bazar laissé par les Guérisseurs. Nous avons détruit leurs labos et leurs recherches, pris des nouvelles des enfants empoisonnés auxquels nous avons donné l'antidote, et tué quelques personnes. Lennox, Gryphon et moi formons une bonne équipe. Heureusement, nous avons été trop occupés pour avoir le temps de penser aux sentiments. Aux émotions. À l'attirance.

J'ai bien l'intention d'éviter ces sujets le plus longtemps possible. La vie est assez difficile sans en plus s'attacher aux gens.

Maintenant que toute trace des Guérisseurs a été éradiquée, la vie pourra, je l'espère, reprendre un cours normal. Plusieurs contrats m'attendent. De bons vieux assassinats, sans rien de spécial. Ça me va. Je ne compte pas mener une nouvelle enquête de sitôt. Pas après cette expérience. Bien sûr que je suis contente d'avoir aidé tous ces enfants, mais je n'ai pas envie de me retrouver à nouveau mêlée à ce genre de choses. Depuis que j'ai monté *Miaou*, j'essaie de faire profil bas et de ne pas attirer l'attention de la Meute. Je crains cependant que cette affaire ait fait trop de vagues et qu'il soit trop tard.

Lennox me tanne pour que nous attaquions la Meute, puisqu'elle a vendu des enfants à des fins expérimentales, mais je suis prudente. Nous ne sommes pas assez forts pour les affronter, même avec Gryphon de notre côté. Trois contre une centaine voire plus, ce n'est pas envisageable.

Je m'isole dans mon bureau, avec le chaton ronronnant dans les bras. Je l'assieds sur mes genoux et consulte mon courrier. La partie ennuyeuse de toute entreprise. Des factures, des factures et encore des factures. Le frère de M. Kindler ne m'a toujours pas payée. J'ai gagné un peu d'argent pendant l'enquête, puisque les méchants ont laissé traîner le leur un peu partout, mais j'ai quand même besoin que les clients me versent mes honoraires. Je lui enverrai un dernier rappel, et s'il ne me donne pas ce qu'il me doit, mes couteaux et moi lui rendrons une petite visite. Je ne le pense pas impliqué dans les empoisonnements, sinon il n'aurait pas voulu que quelqu'un enquête sur la mort de son frère. Toutefois, je n'aurai pas de pitié pour lui s'il ne me paie pas.

Au milieu du tas apparaît une lettre avec un symbole

familier incrusté dans le papier épais. Un ouroboros. Mon mystérieux bienfaiteur. Je n'ai pas eu de ses nouvelles depuis qu'il m'a annoncé le décès de sa petite-fille. À vrai dire, je ne m'en plains pas. Je ne saurais pas quoi lui dire. « Toutes mes condoléances », ça ne me paraît pas top.

J'ouvre l'enveloppe à l'aide d'un de mes couteaux – celui qui se trouve dans le fourreau de ma cuisse – et en sors la lettre. Il y a des taches d'encre dans tous les coins. Je n'aurais jamais cru l'Homme Mystère capable d'envoyer une lettre aussi peu soignée. Ses vêtements sont toujours impeccables, du haut de son chapeau jusqu'au bout de ses chaussures cirées.

« À qui de droit,

Mon père est décédé il y a deux jours. En étudiant ses comptes, j'ai découvert qu'il vous a donné le plein usage de l'une de ses propriétés. Comme je n'ai pas l'intention de me mêler de cette partie de ses affaires, je vous fais parvenir l'acte de propriété de cette maison en échange d'un accord de confidentialité et de l'assurance que vous ne demanderez plus ni argent ni assistance à notre famille.

Veuillez trouver ci-joint les documents concernés. »

Je relis le courrier. Et encore une fois.

Cette maison m'appartient. Même si l'Homme Mystère l'a laissé entendre depuis notre première rencontre, j'ai toujours craint, au fond de moi, qu'il veuille la récupérer un jour. Maintenant, plus d'angoisse.

Oh. Et il est mort. Quel dommage. Est-ce que je devrais envoyer des fleurs ? C'est ce qu'on fait quand on n'a pas tué la personne décédée ?

Je devrais peut-être me sentir triste, mais ce n'est pas le cas. Je ne le connaissais pas vraiment. Il est toujours resté un mystère. Je lui suis reconnaissante, énormément, mais pas assez pour me rendre triste. Surtout maintenant que cette maison m'appartient officiellement.

Je parcours le contrat et les papiers que sa fille m'a envoyés et les signe immédiatement. Je ne pense pas pouvoir recevoir une meilleure offre. Je pose la lettre sur la bannette pour le courrier à envoyer – oui, j'en ai vraiment une, et je n'en reviens pas moi-même – et décide que j'ai fait assez de paperasse pour la journée. Je vais devoir faire les comptes un jour, mais pas aujourd'hui. Je suis en deuil. Ce sera mon excuse, en tout cas.

La petite chatte miaule.

— Non, je ne t'ai pas oubliée, marmonné-je en lui gratouillant la tête.

Elle se remet aussitôt à ronronner. Qu'elle est mignonne.

J'entends Lily bien avant qu'elle ne pénètre dans le bureau. Sans frapper, cela va sans dire.

— Vous êtes adorables, toutes les deux, commente-t-elle après un coup d'œil au chat sur mes genoux. Tu veux de l'herbe à chat ?

Le chaton lui lance un regard désintéressé, puis reprend ses coups de langue sur mon bras. Elle ne connaît pas encore le plaisir de l'herbe à chat. C'est la nourriture des dieux du Ronron. Lily est la seule à connaître ma légère addiction à cette plante.

— De l'herbe à chat ? répété-je sur un ton faussement détaché. Où ça ?

Elle éclate d'un rire diabolique.

— Je plaisantais. Tu vas devoir te l'acheter toi-même. Je refuse d'être complice de ton addiction. Pas après ce qui s'est passé la dernière fois.

J'en suis presque gênée. Presque. Après tout, ça intéresse qui que je me sois roulée partout sur le sol avec une pelote de laine ? Sous forme humaine. Ça arrive tout le temps, non ?

Lily s'appuie contre le mur, et l'une de ses bottes laisse des traces de boue sur le papier peint. Avant, je m'en serais moquée, mais plus maintenant. C'est ma maison. Ma propriété.

— Enlève ton pied du mur, grogné-je.

Elle hausse un sourcil.

— Que se passe-t-il ?

Je hausse les épaules.

— L'Homme Mystère est mort, cette maison m'appartient désormais. Pas de boue sur les murs. Pas de boue sur le sol. Pas de sang, à part au sous-sol. C'est clair ?

Elle me fait un grand sourire.

— Tu possèdes une maison ? Comme une femme adulte ? Comme quelqu'un avec un vrai boulot, qui se rend au travail tous les matins et regarde la télé tous les soirs et ne tue pas les gens ?

— On dirait. J'espère juste que je ne vais pas avoir à payer des impôts, souscrire une assurance et ce genre de conneries.

Lily rit.

— Je t'imagine tellement comparer les devis d'assurance. Cela dit, ça devrait plaire à Ben. Avant l'affaire Kindler, j'ignorais qu'il aimait autant les chiffres.

— Alors il se chargera de tout ça. Je me demande s'il existe une assurance contre les attaques de hordes de métamorphes asservies. Ce serait pratique.

Elle en perd le sourire.

— Tu crois que la Meute va nous attaquer ?

— Ça n'a toujours été qu'une question de temps, répliqué-je en soupirant. Je crois qu'ils savent que j'avais le soutien d'un homme puissant, donc ils ont attendu d'avoir plus d'informations. Quand ils découvriront que l'Homme Mystère est mort et que personne ne me protège, ils viendront me chercher. Ils ne peuvent pas se permettre de créer un précédent en me laissant leur échapper. Si la nouvelle se répand, ils auraient une rébellion sur les bras.

— Peut-être que nous devrions la commencer nous-mêmes, médite Lily.

— Quoi ?

— La rébellion. Si tu te montres en plein jour, les membres de la Meute découvriront qu'il est possible de retirer le collier et de vivre libre. Ça pourrait distraire suffisamment leurs leaders pour qu'ils ne viennent pas s'en prendre à toi.

Je grogne.

— On dirait Lennox. Lui aussi veut que je lance les hostilités contre la Meute.

Lily sourit et s'écarte du mur.

— Bien. Il ne me reste plus qu'à convaincre les autres, et tu entendras raison.

Je ne lui dis pas que je suis tentée par l'idée d'attaquer la Meute. Malgré les raisons pour lesquelles je ne devrais pas l'envisager et que les autres ignorent.

— Au fait, lance tout à coup Lily en s'avançant vers le bureau, sur lequel elle se pencha jusqu'à me révéler ses seins et son sourire diabolique.

— Qu'est-ce que tu veux ?

Elle papillote des cils. Sérieux ? Elle devrait savoir que ce n'est pas comme ça qu'elle va m'impressionner. Elle a beau être séduisante, elle n'est pas mon genre.

— Hum… Je sais que nous n'avons pas de contrat de travail…

— Tu veux une augmentation ? demandé-je, soupçonneuse, mais elle secoue la tête.

— Des congés.

J'ai l'impression que mes yeux vont sortir de leurs orbites. Un congé ? C'est tellement sans intérêt.

— Pourquoi ?

Je n'en ai jamais pris, de toute ma vie, et je pensais qu'il en allait de même pour Lily. Rien que l'idée de prendre quelques jours de congé… est assez tentante, en fait. Mais je dirige une entreprise. Je suis à mon compte. Je ne peux pas prendre de vacances. Il faut tuer à un rythme régulier.

— Il y a un truc auquel je veux aller, explique-t-elle, en fuyant mon regard. J'en ai… envie depuis toujours.

— Des détails, exigé-je, plus par curiosité que pour jouer les patronnes.

Bien sûr qu'elle peut prendre des congés. Je m'en fiche, à vrai dire. Enfin, pas du fait qu'elle ne m'ait pas invitée, mais c'est une autre histoire.

— C'est un congrès, marmonne-t-elle. Pour les gens comme moi.

— Les assassins amateurs de poisons ?

— Il faut vraiment que je te l'épelle ? C'est un rassemblement de succubes.

J'en reste bouche bée un instant.

— De succubes ? Mais tu m'as toujours dit qu'elles n'existaient pas ! Chaque fois que j'ai suggéré que tu puisses en être une, tu… tu m'as menti !

Elle secoue la tête, en évitant toujours de me regarder.

— Pas vraiment. Tu m'appelais « incube », parfois. Ça n'existe pas. Ce seraient les équivalents masculins des succubes, mais ils n'existent pas. Les succubes, en revanche… Je suis désolée. J'évite de le dire aux gens, alors je ne voulais pas te le révéler à notre première rencontre. Et ensuite, quand nous sommes devenues amies, ça me paraissait trop tard.

Elle se tourne enfin vers moi, dévoilant sa vulnérabilité. J'aurais été une autre personne, je lui aurais fait un câlin.

Comme je suis moi, je la fusille du regard en rassemblant mes pensées. Elle m'a menti, mais moi aussi. Tout comme elle, j'ai pris l'habitude de ne pas révéler la vérité, de la tordre, d'omettre les détails importants. Je ne devrais pas me sentir aussi blessée.

— Je suis désolée, répète-t-elle. J'aurais dû te le dire.

Je soupire.

— Je le soupçonnais. Je pensais juste que tu n'en savais rien ou que tu ne voulais pas te l'admettre à toi-même.

Elle secoue la tête.

— Je suis née dans une famille de succubes et j'ai fréquenté l'une de leurs écoles. J'ai été formée à séduire, mais les poisons et les assassinats m'ont toujours beaucoup plus intéressée. J'ai laissé tomber l'académie et j'ai tourné le dos à ma vie de succube, essayant de devenir quelqu'un d'autre, la femme que je voulais vraiment être et non celle que mon éducation me forçait à être. Mais ma famille me manque, alors je me suis dit que ça pourrait être une bonne idée d'aller au congrès annuel des succubes.

Je lui souris. Cela semble une bonne idée, pour elle. Elle est bien plus sociable que moi. Elle adore être entourée d'autres personnes, alors que je préfère ma propre compagnie.

— Si tu veux que je te file des jours de congé, tu vas devoir répondre à mes questions, déclaré-je, et mon sourire s'élargit. Et crois-moi, je veux *tout* savoir sur les succubes.

CHAPITRE 2

$\mathcal{N}$ous décidons de faire ça au salon, avec quatre paquets de chips et un demi-paquet de pop-corn au caramel.

— Alors comme ça, il n'y a pas de mâles succubes ? demandé-je pour la seconde fois.

Ça me turlupine toujours.

— Non, les succubes n'ont que des descendants femelles. Nous nous servons des humains pour tomber enceintes, mais c'est tout. On n'a plus besoin d'eux ensuite, et tout revient aux femmes. En général, plusieurs générations de succubes vivent ensemble et prennent soin des filles des autres.

— Donc tu ne connais pas ton père ?

— Je ne sais pas du tout qui c'est. C'était un donneur de sperme, c'est tout. Je me fiche de qui c'était, même si je lui suis reconnaissante pour ses bons gènes. Ma mère étant petite, c'est de lui que je dois tenir ma taille.

— Il y a donc une académie pour les succubes ? demandé-je en riant. C'est juste une orgie ?

Elle secoue la tête.

— Le sexe n'est qu'une toute petite partie des cours. Nous

n'avons pas besoin de coucher avec les gens dont nous nous nourrissons. La séduction est plus efficace. Vois ça comme le plat principal. Tu joues avec leurs sentiments, tu fais naître l'espoir chez eux, tu flirtes un peu, tu accrois la tension, puis, en guise de dessert, tu couches avec.

— Ça a l'air sympa.

Le sourire qu'elle m'adresse me rappelle la prédatrice qu'elle est.

— Totalement. J'ai peut-être arrêté l'académie, mais je reste une experte en séduction. Malheureusement, ça ne fonctionne que chez les humains, sinon j'aurais pu prendre des congés sans te divulguer mes secrets.

Elle me fait un clin d'œil.

— Est-ce que je peux y aller ? Je ne serai partie que deux ou trois jours. À moins que je ne me trouve un jouet, bien sûr. Je cherche un homme riche histoire d'avoir un peu d'argent pour repeindre ma chambre.

— Encore ? grogné-je. Tu la décores tous les mois, en ce moment !

Lily hausse les épaules.

— J'aime bien changer. C'est lassant d'avoir toujours la même couleur sur les murs.

À l'heure actuelle, sa chambre est entièrement noire, avec des tentures rouges dans les coins. Pas vraiment mon style. Je préfère le noir intégral.

La porte d'entrée s'ouvre, mettant un terme à notre conversation. Je renifle. Gryphon. Son odeur est facile à identifier. Testostérone et colère réprimée. Il est une corde tendue prête à claquer. Il faudra que je veille à ne pas être sur le chemin le jour où ça se produira. Il a l'air amusant et jovial quand il me parle, mais mon instinct de chat me dit de me méfier de la tension qui émane de lui. Il nous cache quelque chose, et il faut que je découvre quoi.

Je n'aime pas les secrets ; du moins, quand ce sont les autres qui en ont. J'en ai plein pour ma part, mais c'est une bonne chose. C'est ennuyeux de raconter toute notre vie aux autres. C'est moins drôle, même. En plus, je ne suis pas fière de tout, et ce n'est pas peu dire.

— Qui est là ? demande Lily, ce qui me rappelle qu'elle ne possède pas mes sens aiguisés de métamorphe.

Je l'interrogerai plus tard sur ses dons de succube. N'y a-t-il que la séduction ou bien y a-t-il autre chose ?

— Moi.

Gryphon entre dans la pièce avant que je ne puisse répondre, entièrement vêtu de noir comme d'habitude. Ses cheveux sombres ne sont cependant retenus ni en couette ni en chignon et lui tombent sur les épaules, jusqu'aux omoplates. Voilà qui répond à la question que je me pose depuis notre première rencontre. Oui, ses cheveux sont plus longs que les miens. Impressionnant. Et ils sont plus soyeux que les miens aussi. Qui seraient sans doute plus brillants si je les lavais plus souvent, mais je n'ai jamais vraiment fait attention à mon apparence. Les morts se fichent que leur assassin porte du maquillage ou arbore une coiffure sophistiquée.

— Je vous laisse.

Lily partit avant que je ne puisse lui demander de rester. Merde. J'espérais ne pas être seule avec Gryphon. Il me met mal à l'aise. Pas dans le mauvais sens du terme, mais je ne sais pas comment me comporter en sa présence. Je manque d'assurance. Je l'avoue. Je me demande comment gérer ça. Jusqu'à maintenant, j'y arrivais en évitant d'être en tête à tête avec lui, mais comme Lily est partie, je vais devoir l'affronter seule.

Il s'assied sur le canapé en face de moi, puis se relève pour retirer un sachet de chips vide de sous ses fesses. On ne peut pas dire que les habitants de cette maison soient maniaques ou soigneux.

— Qu'est-ce que tu fais là ? demandé-je, un peu surprise de mon hostilité.

Il faut que je me calme. Je ne veux pas qu'il se rende compte à quel point il me met mal à l'aise.

— Je passais dans le coin, alors j'ai décidé de venir dire bonjour, répond-il avec un sourire désarmant. Comment ça va ?

— Je sens ton mensonge, rétorqué-je en l'épinglant du regard. Quelle est la vraie raison de ta venue ?

Son sourire s'élargit.

— Je m'ennuyais.

Je soupire.

— Un mensonge, encore. Dis-moi la vérité ou je te fous à la porte. J'ai autre chose à faire.

— Tu n'es pas une hôtesse très accueillante, tu sais, ça ?

— Je ne suis pas du genre poli. Maintenant, dégage avant que je m'entraîne au lancer de couteau avec toi.

Il ricane.

— On est susceptible, à ce que je vois. Ça te rendra peut-être le sourire de savoir que j'ai besoin de ton aide.

Je hausse un sourcil.

— Toi ? Mon aide ?

Il rit.

— Oui, moi. Crois-moi, ce n'est pas mon idée, mais comme tu es le seul assassin à te rapprocher un tant soit peu de mon niveau de perfection…

— À me *rapprocher* ? le coupé-je. Je suis bien meilleure que toi.

Je rattrape l'aiguille qu'il me lance juste avant qu'elle ne s'enfonce dans mon épaule. Par chance, il n'est pas aussi rapide, et la mienne lui effleure le menton. Une goutte de sang coule sur sa chemise noire. Bingo.

Je réalise ensuite que nous avons tous les deux lancé des aiguilles au même moment. Comme si nous réfléchissions de la même manière. Non. Ne t'engage pas sur cette voie. J'ai œuvré dur pour me démarquer des autres, même des autres assassins. C'est la seule manière d'être imprévisible. Espérons qu'il ne s'agisse là que d'une coïncidence et non d'un schéma.

— Elle est empoisonnée ? demande-t-il en reniflant l'aiguille.

— Non, ça va aller.

Je m'adosse au canapé en croisant les bras.

— Tu as besoin de mon aide pour quoi ?

Maintenant que je l'ai surclassé, je me sens un peu plus confiante. Il désire mon aide, ce qui me donne l'avantage. Je devrais peut-être l'obliger à se prosterner et me baiser les pieds. Après ça, il ne se croirait pas meilleur que moi.

— Pour une fille.

Je le dévisage, incrédule.

— Tu veux mon aide pour draguer ?

Il éclate de rire.

— Non, pas « une fille » dans ce sens-là. Elle n'est pas du tout mon genre. Elle est trop… innocente. C'est ma voisine. Quelqu'un lui a volé son collier.

Je secoue la tête.

— Je ne fais pas d'enquêtes. La dernière fois était une exception. Je reprends les assassinats. Plus d'affaire à résoudre, plus d'énigmes, plus de maux de tête.

— Si tu retrouves le voleur, tu pourras le tuer, me propose-t-il.

J'éclate de rire.

— On m'a dit la même chose, la dernière fois. Si j'avais écouté, tu serais mort, à l'heure actuelle.

Il paraît déçu.

— Je peux rassembler un peu d'argent, si tu as besoin d'une récompense.

— J'ai assez de darems pour l'instant, merci bien. Je ne suis juste pas intéressée. J'aimerais retrouver ma vie d'avant.

— Les assassinats machinaux ?

Il m'adresse un sourire entendu, qui ne parvient pas à atténuer sa déception.

— Exactement. On me dit qui tuer, je le fais, je suis payée. Facile. Pas besoin de courir partout pour trouver des preuves, d'interroger, aucune conspiration. Regarde le chaos que cette enquête nous a laissé. Encore maintenant, on n'a pas coupé toutes les têtes. Non, je refuse de recommencer. Désolée.

Je souris pour adoucir un peu mes propos. J'ai vu d'autres personnes le faire, donc ça vaut le coup d'essayer. Je ne vois pas en quoi incurver ses lèvres peut avoir un tel effet sur les gens, mais bon, j'ai l'habitude de ne pas comprendre la plupart de leurs comportements. Dans un monde parfait, tout le monde dirait ce qu'il pense et ne compterait pas sur les gestes dénués de sens et les sourires.

— Je suis sûre que tu pourras trouver quelqu'un d'autre.

Il me dévisage avec intensité, comme s'il cherchait à déterminer si c'est mon dernier mot ou non. Je soutiens son regard avec confiance. Je ne vais pas faire marche arrière. J'ai déjà accordé une faveur à Lily sous forme de congés. Il est temps que je sois égoïste. Je me comporte bien trop humainement ces derniers temps. J'ai besoin de retrouver ma chatte intérieure.

Gryphon hoche sèchement la tête et se lève.

— Tu sais où me trouver si tu changes d'avis.

Il s'en va en me laissant un drôle de sentiment. De la culpabilité ? Nan, impossible. Je n'ai pas à me sentir coupable. Et non, je ne me sens pas seule non plus. Je n'ai pas envie qu'il reste, discute avec moi et qu'on devienne amis. Pas le moins du monde.

Par chance, un miaou me tire de mes pensées. C'est Nyx, avec son magnifique pelage blanc, brillant et soyeux. Si elle était humaine, tout le monde lui demanderait le nom de ses produits capillaires. Mais puisqu'elle est un chat... sa salive doit être efficace.

— Qu'est-ce qu'il y a ? lui demandé-je tandis qu'elle se frotte contre mes jambes en ronronnant de plaisir. Tu as eu à manger ?

Son ronron me le confirme, et j'en suis surprise. À sa place, j'aurais dit non, juste pour avoir plus à manger. Elle est donc une chatte honnête. Qui l'eût cru ?

Nyx miaule et saute sur le canapé en me lançant un regard interrogateur.

— Ryker ? demandé-je, et elle hoche la tête.

Mince. Moi qui espérais avoir un peu plus de temps. Je me lève en soupirant. Nyx me prend évidemment ma place, encore chaude, et s'y étire. Ah, les chats. Ils savent se faire plaisir.

❀ ❀ ❀ ❀ ❀ ❀

Ryker m'attend dans le jardin. Il n'y a aucun autre chat, nous ne sommes que tous les deux.

Il est encore plus impressionnant que dans mon souvenir. La fourrure autour de son cou est si dense qu'elle ressemble à une crinière. Ses yeux jaunes me fixent avec une intensité qui me fait frissonner. Il est temps de le confronter.

Soupirant, je me transforme, mon corps s'étirant de manière tout sauf naturelle. Lorsque les moustaches poussent sur mes joues, j'y passe ma patte. Elles me picotent, mais ça n'enlève rien au plaisir d'avoir des moustaches. Elles ajoutent un nouveau sens au mélange.

— On m'a dit que tu voulais me parler, déclare Ryker de sa voix profonde et mélodieuse. Qu'y a-t-il ?

Est-ce qu'il joue les innocents ? Je croyais qu'il m'évitait ces derniers jours, mais je ne vois aucune volonté de fuir dans ses iris jaunes. Au contraire, il m'observe avec un mélange de respect et de curiosité.

— Tu m'as menti, attaqué-je, avant de réaliser que non, pas vraiment. Enfin, tu as omis la vérité.

Il cille, visiblement perplexe.

— De quoi parles-tu ? Je garde un tas de secrets pour protéger ma famille, mais aucun qui te concerne au point que tu puisses en être si bouleversée.

Bouleversée ? D'accord, peut-être que je le suis. Les métamorphes devraient se présenter les uns aux autres. Ils sont faciles à repérer quand ils se déplacent sous forme humaine, mais bien plus difficiles à dénicher en tant qu'animaux. Actuellement, comme je viens juste de me transformer, les autres métamorphes peuvent m'identifier, parce que je sens toujours l'humaine, mais dans quelques heures, cette odeur aura disparu en grande partie.

— Qu'est-ce qui ne va pas ? me questionne Ryker.

Je ne sais pas quoi répondre. Pour la première fois de ma vie, je suis à court de mots. Je ne veux pas perdre son soutien et sa loyauté, et en même temps, je ne peux pas le laisser s'en tirer à si bon compte.

— Tu ne m'as pas dit qui tu étais. J'aurais aimé le savoir.

Il cille.

— Qui je suis ? Ce n'est pas évident ?

— Pas pour moi. Tu aurais dû me le dire, répliqué-je en ravalant un grognement.

Il secoue la tête.

— Je ne vois toujours pas de quoi tu parles. Je suis un chat. Je pensais que n'importe quel imbécile pourrait le voir. Regarde, j'ai une queue.

Il l'agite en un geste légèrement séducteur. Je maudis mon esprit d'interpréter ça ainsi, en tout cas.

Cette fois-ci, je laisse échapper mon grognement, qui résonne dans le petit jardin clos.

— Tu n'es pas *uniquement* un chat, cependant.

Au lieu de s'expliquer, il se met à rire, un son magnifique et très rare. Les chats rient rarement. Leur vie est trop sombre pour cela.

— Je suis un chat. Rien d'autre. Je suis né chat et je

mourrai chat. Maintenant, peux-tu m'expliquer d'où viennent ces chatons turbulents ?

Ces chatons *turbulents* ? Il était bien sûr trop distingué pour jurer. Il était ce genre de chat.

J'imagine que je n'ai pas d'autre choix que d'y aller franco.

— Tu es un métamorphe, lancé-je, accusatrice. Tu es comme moi et tu ne me l'as jamais dit.

Son rire s'arrête net et il me fixe du regard, en clignant plusieurs fois des paupières.

— Où es-tu allée pêcher cette idée ?

— Dans ton sang. Quand Lily l'a testé, ça a indiqué que tu es un métamorphe. Comme moi. Maintenant, arrête de le nier et transforme-toi ! J'aimerais avoir une vraie conversation avec toi, pas cette mascarade.

Ryker recule d'un pas. Sa fourrure se fait encore plus duveteuse alors qu'il semble prêt à bondir.

— Ce n'est pas vrai, balbutie-t-il, ayant soudain perdu toute assurance. Je suis un chat.

Il regarde ses pattes et fait sortir ses griffes.

— Tu vois ? Je suis un chat. J'en ai toujours été un. Je ne suis pas comme toi. Je suis un chat. Je suis un chat.

Il continue de le répéter, ce qui me convainc qu'il n'était pas au courant. Je suis assez douée pour déchiffrer les expressions des humains et des chats pour savoir qu'il est en pleine confusion.

— Tu te trompes, marmonne-t-il. C'est impossible. Je le saurais.

Je ne sais pas quoi faire. Je me suis imaginé un tas de scénarios, mais certainement pas celui-là. Je pensais qu'il nierait parce qu'il ne voudrait pas que je le sache, pas parce qu'il l'ignorait lui-même.

— Le sang ne ment pas, répliqué-je gentiment. Tu es un métamorphe. Comment as-tu pu l'ignorer ? Tes parents doivent en être aussi, ils ont dû t'en parler, non ?

Il me lance un regard empreint de tristesse.

— Je suis un chat errant. J'ai grandi dans la rue, je n'ai jamais connu mes parents. Je n'ai jamais eu de contact avec des humains ou des métamorphes avant de te rencontrer. Je suis un chat, je te le dis. Reprends de mon sang. Refais le test.

Je ressens le besoin de plus en plus pressant de me frotter contre lui pour le réconforter, mais je résiste. Il doit affronter ça seul. Je ne peux pas l'aider. Je vais déjà devoir beaucoup l'assister pour qu'il devienne un vrai métamorphe, or, pour l'instant, il a surtout besoin d'affronter la réalité seul.

— On peut faire ça, oui, commenté-je calmement. Hélas, je doute que ça change quoi que ce soit. Je t'ai toujours trouvé trop intelligent et attentif pour un chat. Trop empathique aussi. Les chats normaux ne fondent pas une famille pour prendre soin des chatons abandonnés. Le fait que tu le fasses prouve que tu n'es pas qu'un chat. Tu as une facette humaine que nous devons explorer.

— Nous ? réplique-t-il durement, avant de soupirer. J'imagine que tu as raison. Il m'est arrivé de ne pas me sentir à ma place, comme si j'étais différent des autres chats. Je n'ai jamais tenu compte de ce sentiment, mais maintenant que j'y pense…

Sans prévenir, il saute sur le mur, puis il se tourne vers moi et m'épingle de son regard jaune.

— J'ai besoin d'un peu de temps pour y réfléchir. Je reviendrai.

Sur ces mots, il s'en va, me laissant plus confuse que jamais.

Comment dois-je faire pour transformer un chat en métamorphe ?

CHAPITRE 3

La vie est compliquée. Certains jours, j'aimerais n'être qu'un chat. Enfin, une panthère. Peu importe. Je m'allongerais au soleil, je mangerais, je me prélasserais, je ferais la sieste toute la journée. Puis je courrais après les papillons, je me frotterais aux jambes d'un inconnu, et je retournerais dormir un peu.

Au lieu de ça, je me retrouve à faire les cent pas pour essayer de mettre de l'ordre dans mes idées. Je suis seule dans la maison, et c'est tant mieux. Je ne veux pas que les autres me voient aussi perturbée. J'ai toujours l'air calme et maîtrisée, mais là… Je ne sais pas bien si j'ai envie de balancer quelque chose dans le mur, tuer quelqu'un ou manger une montagne de glace. Les trois en même temps, peut-être ? Jeter de la glace sur quelqu'un pour le tuer, puis la manger.

Je deviens folle. Utiliser de la glace comme arme. Quelle inefficacité. Même un débutant n'aurait pas une idée aussi merdique. Il y a vraiment quelque chose qui cloche chez moi. Je dois absolument me concentrer et me débarrasser des pensées et des sentiments perturbants.

Je me précipite dans mon bureau pour prendre un dossier au hasard dans la pile. J'ai besoin de tuer.

C'est un simple assassinat, celui d'un homme d'affaires qui a fricoté avec les mauvaises personnes. C'est bien payé et ça a l'air facile. J'ai une préférence pour le poison, mais tout me va tant que ce n'est pas bordélique. Aucun problème. J'ouvre le meuble caché derrière un affreux tableau de vache en montagne – fourni avec la maison – et attrape quelques couteaux et aiguilles. J'ai toujours des aiguilles empoisonnées cousues dans mes habits, mais c'est bien aussi d'en avoir plus au besoin. On ne sait jamais sur quoi on peut tomber.

Équipée de bien plus de couteaux que la plupart des gens n'en ont en cuisine, je quitte la maison, prenant directement le chemin des toits. Nous sommes en fin d'après-midi et pas un jour parfait pour frapper ; cependant, je n'ai pas envie d'attendre plus longtemps. J'ai besoin de cette poussée d'adrénaline, de cette sensation de contrôle total qui m'étreint alors que je saute de toit en toit et me balance sur des pignons aussi facilement que si je me trouvais sur la terre ferme.

L'air frais m'apaise. Il sent la pluie. Je ferais mieux de me dépêcher de finir, afin de pouvoir rentrer chez moi avant que les toits ne soient trop humides pour être sûrs. Même moi j'ai mes limites. Si je voulais avoir un meilleur équilibre sur les toits mouillés, je devrais me transformer, ce que je ne peux toutefois pas faire en plein jour. Les gens peuvent déjà tiquer de voir une humaine courir sur les toits, mais s'ils voient une panthère… Ça finirait mal.

Ma cible réside à une certaine distance du *Miaou*, si bien que quand j'arrive sur place, je me suis un peu reprise. Ça, c'est ma routine. J'y suis habituée. Je sais comment agir dans cette situation. Tout ce qu'il me reste à faire, c'est observer mon environnement, découvrir s'il y a quelqu'un d'autre dans la maison, et ensuite assassiner. Facile. Je me lèche les lèvres en sentant la panthère affleurer sous la surface. Je vais peut-être être un peu plus violente que je ne l'ai prévu.

Je m'accroupis sur le toit en face de la maison de ma cible et j'étends mes sens. Une seule personne à l'intérieur, donc les chances qu'il s'agisse de l'homme que je suis censée tuer sont grandes. Et même si c'est quelqu'un d'autre… Je suis d'humeur à ne pas laisser de survivants. Assassiner est un excellent moyen d'apaiser les esprits troublés.

Une fois assurée que tout est en ordre, je recule un peu pour me laisser de l'espace. Je prends une grande inspiration, puis cours et saute du toit… directement sur la maison de l'autre côté de la rue. Une humaine ne pourrait jamais faire ça, mais, par chance, je n'en suis pas une. Je ne l'ai jamais été et je ne le serai jamais. Malgré toutes les épreuves que j'ai endurées à cause de ma condition de métamorphe, je n'y renoncerais pour rien au monde. Et si je devais choisir, j'opterais pour la forme de panthère, pas d'humaine.

Le toit est en mauvais état, et j'ai du mal à empêcher les tuiles de glisser sous mes pieds. La terre ferme, donc. Je ne veux pas alerter ma cible à cause de bruits étranges au niveau de son plafond. J'effectue un salto arrière qui me permet d'atterrir à quatre pattes dans le petit jardin parsemé de marguerites dont le parfum m'emplit les narines. Je souris. Encore une chose que les humains n'expérimenteront jamais. La fragrance des marguerites.

Comme le bruit me parvient de l'autre côté de la maison, je peux forcer la serrure de la porte arrière, vieille, rouillée et qui cède sans trop insister. La porte s'entrebâille avec un grincement que même moi ne peux retenir. Bon, très bien. Si l'homme l'entend, je devrai l'affronter. Ça me va, en fait. Un peu de combat, des cris paniqués, puis un coup de pied bien placé dans la gorge. Ou un couteau entre les côtes. Je me marre en constatant combien je suis assoiffée de sang. Après tout ce travail d'investigation, je suis en manque.

— Il y a quelqu'un ? lance une voix grave.

Oui, il a dû entendre la porte. Hourra ! C'est bien plus excitant que de me glisser en douce pour lui trancher la gorge en un mouvement preste et ennuyeux.

Je m'empresse de le rejoindre. Il est dans la cuisine et brandit un grand couteau à pain. Génial. Il rend les choses plus amusantes.

Un sourire carnassier aux lèvres, je sors deux lames de ma ceinture et les fais tourner dans mes mains avec paresse. Il écarquille les yeux.

— Vous êtes venue me tuer ? demande-t-il en serrant plus fort son couteau.

Ses articulations blanchissent et je sens l'odeur de sa sueur qui arrive. Pathétique.

Je lui décoche un clin d'œil impertinent.

— Oui. Je suis l'ange de la mort.

Ses yeux s'agrandissent.

— Pour qui travaillez-vous ? J'ai de l'argent. Je peux vous payer le double.

Un autre jour, j'aurais pu y réfléchir, mais pas aujourd'hui. Je ne suis pas là pour l'argent, mais pour le sport.

— Il est temps de mourir, déclaré-je sur un ton mélodramatique en m'approchant de lui avec l'élégance d'une prédatrice, en contrôlant soigneusement le mouvement de chaque muscle.

L'adrénaline m'envahit, assez pour me mettre en alerte, mais pas au point de me faire perdre le contrôle.

— S'il vous plaît, ne faites pas ça, me supplie-t-il en reculant maladroitement.

Cependant, il se retrouve coincé contre le plan de travail. Il agite quelques fois son couteau inutilement, prouvant qu'il n'a jamais tenu une arme de sa vie. Trop facile. Moi qui espérais qu'il savait au moins tenir un couteau.

Je plonge vers l'avant, mordant sa joue avec ma lame tout

en évitant la sienne. Puis je recule, pour qu'il comprenne que j'aurais pu le tuer, mais que je n'en ai rien fait. Il se touche la joue et observe ses doigts ensanglantés.

— S'il vous plaît, répète-t-il d'une voix geignarde et pathétique.

Je l'attaque à nouveau, m'en prenant à son autre joue. Il crie, de panique et de douleur. C'est amusant, de jouer avec sa proie. Je me jette sur lui, encore et encore, jusqu'à ce que son corps soit jonché d'entailles ensanglantées. Pas suffisantes pour le tuer, mais carrément pour me rendre heureuse.

Quelqu'un pénètre dans la maison par la porte de derrière. Je renifle sans quitter ma cible des yeux, afin qu'il ne pense pas être en veine. Je souris en percevant une odeur familière. Puis fronce les sourcils. Qu'est-ce que Lennox fait ici ?

— Tu as bientôt fini ? demande-t-il en entrant dans la cuisine. Je l'entends crier depuis des kilomètres.

Je hausse les épaules.

— Je ne l'ai pas encore frappé partout. Qu'est-ce que tu fais là ?

L'homme dévisage Lennox, bouche bée, ayant compris qu'il n'a aucune chance de s'en sortir.

— Comme tu n'étais pas chez toi, j'ai suivi ta trace. Il faut qu'on parle.

Je soupire.

— Je te l'ai dit, jouer les détectives ne m'intéresse plus. Et je ne compte pas m'en prendre à la Meute non plus.

— Pas pour ça. C'est personnel.

Là, je pivote vers lui.

— Personnel ?

Lennox n'a jamais été du genre à trahir ses sentiments. Je le connais assez pour le comprendre, pour savoir quand il est bouleversé, mais la plupart des gens en seraient incapables.

Ma victime, désespérée, tente de me donner un coup de couteau pour s'enfuir, mais je lui balance l'un des miens sans le regarder. Vu les gargouillis qui suivent, j'ai atteint ma cible. Son corps s'affale au sol.

— Tu as interrompu mon travail, râlé-je.

Lennox se marre.

— Tu avais plus l'air de t'amuser que de travailler. On ne t'a jamais appris à ne pas jouer avec ta nourriture ?

Je lui souris.

— Tu me l'as peut-être dit deux ou trois fois quand nous étions enfants. Avant de t'amuser aussi.

J'ouvre le frigo et y découvre du jus d'orange. Tuer me donne toujours soif. Je déniche aussi de la glace dans le congélateur, que Lennox me prend des mains sans tarder.

Je m'assieds à l'îlot pour boire mon jus.

— Qu'y a-t-il de si important pour que tu me déranges ? demandé-je, intriguée.

Il a forcément une bonne raison. Les assassins n'interfèrent pas dans le boulot des autres à moins que ce ne soit important. C'est une sorte de règle tacite.

— Il faut qu'on parle.

Je grogne.

— C'est ce qu'on fait, là.

Il indique le cadavre de la tête.

— Tu veux faire ça ici, avec lui ?

— Il ne va pas vraiment entendre tes secrets, tu sais.

Lennox pouffe.

— Tu as raison, dit-il avant de soupirer. J'ai un problème avec mon loup.

J'ai l'habitude de l'entendre parler de sa forme animale comme si elle était une entité détachée de son humain. Il semble avoir une relation différente avec son loup que moi avec ma panthère. Nous ne formons qu'une ; je deviens juste un peu plus sauvage quand je me transforme. Lui a presque deux personnalités partageant le même corps. Je trouve ça un peu flippant, pour être honnête, mais maintenant, j'ai l'habitude.

— Quel genre de problème ? Crache le morceau.

Lennox évite mon regard. C'est nouveau, ça.

— Il… Il…

Je grogne.

— Il a trouvé sa moitié.

Il l'a dit si vite que j'ai failli ne pas comprendre. Puis mon cœur se met à battre plus vite. Lennox m'a expliqué, il y a très longtemps, que les métamorphes lupins s'accouplent pour la vie, et que ce n'est pas l'humain qui décide avec qui. Même si Lennox essaie de résister à son loup et de fréquenter quelqu'un d'autre, le loup se languira toujours de sa moitié. Certains métamorphes deviennent même fous à contrarier leur part animale.

— Je ne sais pas quoi faire, avoue Lennox tout bas. Je ne suis pas prêt. Je ne veux pas me lier à quelqu'un que je ne connais peut-être même pas. Mais il se languit de sa moitié, ça me ronge nuit et jour, et c'est de plus en plus dur d'y résister. Je ne sais pas encore combien de temps je vais tenir.

— Qui est-ce ? demandé-je, inquiète de la réponse, bien que je refuse de savoir pourquoi.

— Je ne sais pas. Je dois me métamorphoser pour le savoir, mais je n'en ai pas envie. Et si c'est une personne horrible ? Quelqu'un de la Meute ? Ou de deux fois mon âge ? Ou l'inverse ? Parfois, des loups adultes ont revendiqué des enfants et dû attendre dix ans pour pouvoir vraiment être avec leur moitié.

— Que veux-tu que je fasse ?

Ce n'est pas pour rien qu'il est venu me trouver. Et à vrai dire, je suis flattée qu'il ait encore assez confiance en moi pour m'en parler, même après tant d'années loin l'un de l'autre. C'est presque comme si nous n'avions jamais été séparés.

— J'aimerais que tu me tiennes compagnie quand je me transformerai. Que tu me suives pour voir qui mon loup a revendiqué. Si tu penses que cette personne n'est pas faite pour moi, tu devras me forcer à m'en aller, m'intercepter. J'ai entendu des histoires de loups totalement dingues lorsqu'ils rencontrent leur moitié pour la première fois. Je ne veux pas que ça m'arrive. Aide-moi à rester sain d'esprit.

J'opine.

— Je ferai de mon mieux, mais je te préviens : je pourrais penser que quelqu'un ne te convient pas, alors que tu pourrais finir par l'aimer.

Il frémit.

— Je ne pense pas être capable d'aimer quelqu'un. Je suis trop occupé pour ça. Et trop endommagé, souffle-t-il.

Je voudrais tendre la main, l'enlacer, lui dire que je suis comme lui, mais je me retiens. Je ne suis pas tactile.

— Quand veux-tu faire ça ?

— Cette nuit. Je veux me débarrasser de ce sentiment au plus vite.

— Et si c'est ton âme sœur ? Si tu tombes amoureux au premier regard ? Ça t'irait ?

Il secoue la tête.

— Je ne veux même pas y penser. Je déteste me sentir aussi impuissant. Contrôlé par mon loup sans rien pouvoir y faire. Je devrais être libre de choisir qui aimer, non ? Personne ne devrait prendre cette décision à ma place, pas même mon loup.

— Je suis d'accord. Je suis contente que ça ne fonctionne pas comme ça pour les chats. Et en même temps, tu imagines un chat n'avoir qu'un seul partenaire pour toute la vie ? me moqué-je. C'est peu probable.

Une petite ride apparaît un court instant sur son front, mais disparaît tout aussi vite.

— Tu ne te caseras jamais ? me demande-t-il.

Je hausse les épaules.

— Peut-être que si. Je n'y ai jamais vraiment pensé. Je ne me vois pas vivre dans une maison, avec un mari et une vie sans intérêt.

— Qui dit qu'elle serait sans intérêt ?

J'éclate de rire.

— Ça m'étonnerait que je finisse avec un assassin ou quelqu'un de ma branche. Tu nous as vus ? Nous ne sommes pas du genre à nous caser. Ni à tomber amoureux. Je n'ai jamais vu un couple d'assassins et je ne pense pas en voir un jour.

Lennox me décoche un sourire qui semble un peu forcé.

— Tu as raison. Nous ne sommes pas faits pour l'amour. Malheureusement, mon loup n'est pas du même avis. Peut-être qu'il en changera ce soir, cela dit, en voyant l'horrible femme qu'il a choisie. Peut-être qu'il reprendra ses esprits.

Je sirote mon jus, peu désireuse, pour une fois, de dire la vérité. Je sais qu'il se berce d'illusions, mais je ne veux pas le voir malheureux non plus.

Quoiqu'il advienne, je l'aiderai à traverser ça. C'est mon plus vieil ami, et je suis contente de l'avoir retrouvé.

CHAPITRE 4

*L*a nuit tombe rapidement, parant la ville de ses nuances de bleu. En ce vendredi soir, les rues grouillent de gens désireux d'oublier le stress et les tracas de leur semaine de travail. L'odeur d'alcool m'envahit, encore fraîche, mais bientôt éventée. D'ici une heure ou deux, les premiers ivrognes chancelleront dans les rues en hésitant entre rentrer chez eux ou retourner dans le bar pour prendre un nouveau verre.

Lennox et moi nous dirigeons vers les abords de la ville, en espérant que sa moitié ne sera pas en plein centre, là où tout le monde pourra le voir, car j'ai des doutes sur sa capacité à se contrôler une fois qu'il se sera transformé, ce soir. C'est un peu effrayant, surtout sachant que je vais devoir me métamorphoser aussi pour le surveiller. Un loup courant à travers la ville, ça peut encore s'expliquer, mais un gros félin noir… pas tellement, non. Cela causerait la panique, et la Meute en aurait vent. Je ne veux pas qu'ils se rappellent mon existence.

— Prêt ? demandé-je à Lennox, même si je sais que ce n'est pas le cas.

J'entends son cœur battre plus vite que d'ordinaire. Je ne l'ai jamais vu aussi anxieux.

Il hausse les épaules.

— Allons-y. Je préfère savoir que combattre cette pulsion toute ma vie. Mais tu peux me promettre de m'éloigner si ma compagne ne convient pas ?

Je pose la main sur son torse et agite les doigts.

— Promesse de métamorphe.

Il s'esclaffe, se remémorant l'époque où nous avons inventé ce serment.

— Bien. Tu es plus grande que moi, donc tu devrais pouvoir me stopper. Ne le prends pas mal si je résiste, ajoute-t-il avec un grand sourire penaud. Mon loup adore jouer.

— Tout comme moi. Ne t'en fais pas, je meurs d'envie d'affronter un tel défi. Surtout depuis que tu m'as interrompue tout à l'heure.

Il prend une grande inspiration, et ses battements cardiaques s'accélèrent encore plus. Je n'en reviens pas que nous fassions ça. Bizarrement, je ne nous ai jamais imaginés avec un compagnon ou une compagne, lui comme moi. Des amants occasionnels, oui, mais rien de permanent. Maintenant que c'est sur le point de changer, je n'arrive pas à déterminer ce que je ressens. De la tristesse ? De la jalousie ? De l'envie ? Je repousse tout ça. Je dois me concentrer. Lennox a besoin de moi.

Il cherche mon regard. Je n'aime pas ce que je vois dans le sien. Il est effrayé, et je déteste le savoir comme ça. Il ne montre jamais sa peur ni aucune autre émotion. Surtout si ça peut être interprété comme un signe de faiblesse.

— Transforme-toi, l'encouragé-je avant d'adopter ma forme de panthère.

Je ronronne dès que je me retrouve à quatre pattes. Je m'étire et sors les griffes à plusieurs reprises. C'est si bon. Maintenant, une sieste...

Lennox gémit. Son magnifique loup blanc se tortille au sol. Je bondis à ses côtés et donne un coup de tête dans son flanc.

J'aimerais pouvoir lui parler, mais nous sommes de deux espèces différentes, même si métamorphes tous les deux. Tout ce que je peux faire, c'est essayer d'interpréter son langage corporel.

Il est agité et semble souffrir ; il se roule dans l'herbe et aboie de temps en temps. Moi qui m'attendais à ce qu'il fonce retrouver sa moitié, son attitude m'effraie.

— Qu'est-ce que je peux faire ? demandé-je, paniquée, même si je sais qu'il ne peut pas me comprendre.

Il gémit à nouveau, puis se met debout afin de reculer d'un pas, loin de moi. Son rejet me fait mal. Il ne veut pas de mon aide. Pourquoi ne me laisse-t-il pas lui prendre sa douleur ? Il souffre, et je ne peux rien y faire.

Je ronronne pour lui montrer que je veux simplement l'aider et m'approche à nouveau de lui, sans le toucher toutefois. Peut-être que c'est ça qui le rend mal à l'aise. Peut-être que son loup ne peut tolérer que le contact de sa moitié à l'heure actuelle.

Tout à coup, Lennox change de forme, mais au lieu de revenir tout habillé comme d'ordinaire, il est nu, en boule sur le sol, les jambes serrées contre la poitrine.

Je ne sais pas quoi faire. Je déteste le voir aussi vulnérable. Je veux le protéger, sans pour autant lui donner le sentiment qu'il en a besoin. C'est un homme fier, et un loup encore plus fier.

Plutôt que de redevenir humaine, je m'allonge dans l'herbe, assez près de lui pour qu'il puisse me toucher s'il en a envie, mais assez loin pour lui donner de l'espace. Je veux qu'il sache que je suis là pour lui et que je ne partirai pas, quoi qu'il arrive.

Peut-être n'a-t-il pas de compagne ? Peut-être que quelque chose a mal tourné.

Je décide de ronronner. Cela m'apaise toujours quand un chat le fait.

J'écoute les battements de son cœur, très rapides. Il respire trop vite aussi.

Nous restons allongés ainsi une éternité. Lui en boule, nu et souffrant. Moi en panthère, ronronnant, et souffrant aussi.

— Il faut qu'on discute, souffle-t-il. Tu peux changer de forme ?

Enfin. Je croyais qu'il ne me parlerait jamais. Je bondis sur mes pattes et me transforme en un mouvement fluide, redevenant totalement humaine le temps d'atterrir sur mes deux pieds. Comme toujours, je porte les mêmes habits qu'avant ma transformation, ce qui rend sa nudité encore plus flagrante. Je n'avais jamais entendu parler de ça. En tant que métamorphes, notre magie singulière nous permet de toujours garder nos habits.

— Qu'est-ce qui ne va pas ? demandé-je doucement.

Ce qui me surprend, parce que je ne suis pas une femme douce.

Il s'assied, se dévoilant. J'essaie de ne pas remarquer combien son corps est parfait. Combien ses muscles cisèlent son torse et son ventre plat, comment cette fine ligne de poils sombres mène de son nombril à...

Il est en érection. Énorme. Et en érection.

Oh... mon...

Il croise les jambes et pose les mains sur ses genoux, parvenant à cacher son membre presque en entier. Voyant son malaise, j'enlève ma veste et la lui tends. Il l'accepte sans croiser mon regard et la pose sur lui, comme une couverture. Maintenant qu'il a retrouvé un peu d'intimité, son cœur ralentit sa course, bien qu'il trahisse encore sa nervosité.

— Qu'est-ce qui ne va pas ? répété-je. Parle-moi.

— Je peux lutter contre, marmonne-t-il. Je n'ai pas à céder à mon loup.

— Donc, tu as découvert ta compagne ? m'écrié-je, excitée. Je n'étais pas sûre.

Il rit durement.

— Oh, si. Il me l'a montrée tout de suite. Mais je ne sais pas quoi en penser. Ou comment te le dire.

— Crache le morceau, c'est tout. C'est souvent le plus facile, répliqué-je en cachant la tension qui monte en moi.

Il me regarde enfin, rivant ses yeux dans les miens. Ils sont emplis d'émotions et d'un tas de non-dits. Il essaie de tout me révéler par ce biais, mais je ne saisis pas le message.

— Il m'a montré ma moitié. Elle est juste en face de moi.

Mon cœur explose.

Et alors, je fais la chose la plus stupide au monde. Je me mets à rire. Un rire hystérique part de ma gorge et rejoint ma bouche, sur laquelle je plaque les mains pour empêcher le son de sortir. C'est inutile. Je finis par m'esclaffer jusqu'à me retrouver à bout de souffle.

Lennox fait la grimace.

— Je ne m'attendais pas à cette réponse.

J'essaie d'arrêter, vraiment, mais rien ne semble pouvoir calmer mon hilarité.

Il se lève, évitant à nouveau mon regard, et se transforme. Son loup blanc est comme un phare dans la nuit, une vision magnifique qui me fuit aussi vite qu'il le peut.

Il ne m'aurait pas fait plus mal s'il m'avait poignardée.

Je me mets debout, un peu chancelante. Je devrais rester ici. Le laisser s'en aller. Méditer tout ça. Mais non, je m'accroupis, change de forme, et lui cours après.

Au début, je le traque à l'odeur. Toutefois, au bout d'un moment, je comprends où il va. Cela n'a rien de surprenant. Il se rendait toujours là-bas quand nous étions enfants. Sa cachette. Son sanctuaire. Il ne m'y a emmenée que des années après notre rencontre. Même enfant, j'ai compris toute la portée de ce geste. Il est arrivé dans la Meute avant moi, et il est resté seul, avant moi. J'étais un paria parce que je venais d'une autre espèce, lui par choix.

Même en courant à toute allure, il me faut dix minutes pour quitter la ville et rejoindre le petit pont de pierre qui enjambe la rivière. Vieux, il s'écroule par endroit, et pourtant, il s'accroche toujours à la vie, et depuis si longtemps que je doute qu'il s'effondre un jour.

Je renifle l'air en m'approchant. Lennox est là.

Qu'est-ce que je vais lui dire ? J'ai perdu mes mots. Rien ne peut expliquer ou décrire les émotions qui font rage en moi. Je suis perdue, et je parie que c'est son cas aussi. Aucun de nous ne s'y attendait.

Il est mon ami, pas mon amant. Et encore moins ma moitié. Oui, je le connais mieux que moi-même, et oui, il est magnifique, et oui, il serait un meilleur partenaire que tous les hommes que j'ai fréquentés. Mais... c'est Lennox. Mon ami Lennox. Si nous franchissons la limite de l'amitié, il n'y aura aucun retour en arrière possible. Je viens juste de le retrouver, je ne veux pas le perdre pour un détail aussi stupide que l'amour.

Euh, attendez... Est-ce que je viens de penser à l'amour ? Comme dans « tomber amoureux » ? Je suis confuse, c'est tout. Je n'ai jamais été amoureuse. Je suis une tueuse, je suis incapable d'amour. Sinon je ne pourrais pas faire mon boulot.

Je décide de ronronner pour lui révéler ma présence. Il le sait sans doute déjà, mais je veux qu'il puisse m'arrêter s'il préfère rester seul. Je ne pense pas que je partirai s'il me le demande, cela dit. Nous devons démêler tout ça.

Comme je m'y attendais, il se trouve sous une cavité du pont. Je n'en reviens pas que notre vieux matelas y soit encore. Taché et couvert de poussière, et pourtant, même de là où je me trouve, je perçois notre odeur. Nous passions beaucoup de temps ici, autrefois. Nous essayions de remplir nos missions au plus vite afin de nous retrouver ici sans que nos maîtres de la

Meute ne remarquent notre absence. Nous nous étions approprié ce coin, ajoutant des décorations sur les murs du pont, et creusant davantage l'espace quand nous avions grandi.

Et Lennox se trouve sur ce vieux matelas, humain, nu et vulnérable.

J'avance lentement vers lui, m'attendant à moitié à ce qu'il se détourne et fuie à nouveau. Ou me dise d'aller me faire voir. Ce que je pourrais comprendre. J'ai été bête de rire comme ça. J'ai dû le blesser. J'aimerais ne pas avoir agi ainsi.

Je m'allonge contre lui sans cesser de ronronner, ma fourrure contre sa peau nue. Je me blottis contre lui, toujours sous forme animale. Comme ceci, nous n'aurons pas à discuter. À prononcer des mots potentiellement blessants. C'est un instant de camaraderie, où je lui montre combien il compte pour moi. Combien je l'apprécie.

Au bout d'un certain temps, il m'entoure de ses bras et plonge les doigts dans ma fourrure épaisse. Il pose la tête sur mon dos, et je sens son souffle ralentir. Son battement de cœur humain se synchronise avec le mien, nous faisant fusionner encore un peu plus.

J'aimerais presque pouvoir lui parler ; cependant, je ne souhaite pas briser cette proximité en me transformant. Alors je continue à ronronner tout bas et à savourer ses caresses.

Nous restons ainsi pendant des heures. Il se tient chaud grâce à son corps de métamorphe, aidé par ma fourrure qui éloigne le froid. Sa nudité ne me dérange plus.

— Merci d'être venue ici, souffle-t-il tout à coup, me prenant par surprise.

Mon ronron s'arrête tandis que je l'écoute, attendant qu'il en dise plus, mais il garde le silence. Je tends la patte, les griffes rentrées, et la pose en travers de son dos. Je ne m'y appuie pas de tout mon poids, pour ne pas lui faire mal ; il est vulnérable à l'heure actuelle, tant physiquement qu'émotionnellement.

— Je la sens encore, marmonne-t-il au bout d'un moment.

L'attraction. Même si tu es juste à côté de moi, mon loup voudrait se rapprocher davantage. J'ai envie que tu te transformes pour pouvoir m'accoupler avec toi.

Si j'avais été humaine, j'aurais rougi. Pas à l'idée du sexe. C'est une chose naturelle et il n'y a aucune raison d'en être gênée. Non, c'est à cause du mot « accoupler », de cette idée de « couple ». Cela me semble si intime. Il ne s'agit pas de baiser. Mais de s'accoupler. De former un lien dans la tendresse. Ça me terrifie.

— Je ne veux pas que ça change les choses entre nous, mais je ne suis pas sûr non plus de pouvoir lutter éternellement contre ce besoin. Je ferais mieux de quitter la ville. Ce sera sans doute plus facile si nous sommes séparés. La distance atténuera sans doute ce désir.

Je me transforme sans réfléchir. Je ne l'ai jamais fait en étant allongée au sol, mais je ne contrôle plus mon corps. L'idée qu'il puisse s'en aller…

— Tu es nue, souffle-t-il, un très léger rire dans la voix.

— Je sais, répliqué-je, ayant constaté l'évidence.

C'est la première fois que je me métamorphose sans vêtements. J'espère que ça ne se reproduira pas. Ce serait très embêtant. Je serais une tueuse nue.

— Est-ce que tu es d'accord avec ça ? murmure-t-il en rivant son regard dans le mien.

Étrangement, oui. Tous mes doutes ont disparu. Sa peau nue contre la mienne, son souffle mêlé au mien, tout ceci me semble juste.

Je me rapproche encore, jusqu'à ce que nos lèvres ne soient plus séparées que de quelques millimètres. Un minuscule mouvement suffirait. Qui va le faire ? Est-ce que je fais ce qu'il faut ? Quelques secondes plus tôt, Lennox parlait de résister à ce lien, et maintenant, nous voilà enlacés, nus, le cœur battant. J'ai l'impression de sentir le lien à mon tour. Faiblement, mais de plus en plus fort. À moins que ce ne soit qu'un effet de mon cœur me disant ce que j'aurais dû deviner plus tôt.

— Il n'y aura aucun retour en arrière possible, me prévient-il dans un souffle tout contre mes lèvres.

— Je sais, rétorqué-je d'une voix tremblante. Il n'y a pas que ton loup, si ? Si nous faisons ça, j'ai besoin de t'avoir en entier. De vous avoir tous les deux.

CHAPITRE 5

   — *J*'en ai envie depuis que je t'ai vue devant cette maison, répond-il.

Je pouffe.

— Depuis que tu m'as empoisonnée, tu veux dire.

C'est étrange de discuter avec nos lèvres séparées par un cheveu. Ce serait si simple de l'embrasser, et pourtant, cela me paraît si difficile en même temps. Cela voudrait dire franchir mes propres zones d'ombre, briser ces barrières que j'ai construites et maintenues si longtemps. Quand je suis avec des hommes, je ne les embrasse jamais. Nous couchons ensemble et nous ne nous revoyons plus. Pas de sentiments, pas d'attaches. Rien d'autre que l'assouvissement d'une démangeaison. Je suis une femme adulte, j'ai des besoins. Par chance, il existe un tas d'hommes éprouvant la même chose.

Avec Lennox, c'est différent. Avec lui, il y aura un lendemain. Nous en parlerons. J'aurai à analyser mes sentiments. Je ne suis pas sûre d'être prête pour ça.

— Lennox, marmonné-je.

Juste après, ses lèvres se posent sur les miennes, et tous mes

47

doutes disparaissent. Sa bouche est douce, son baiser gentil, presque précautionneux. Comme s'il craignait que je change d'avis. Oui, je suis tentée. Mon esprit me hurle de prendre la fuite. C'est une très mauvaise idée. Cependant, ses lèvres... Je lui rends son baiser, ouvrant la bouche pour sa langue curieuse, le laissant entrer. Je n'ai jamais embrassé ainsi. Il n'y a jamais eu autant d'émotions impliquées. À chaque coup de langue, chaque effleurement de ses lèvres, je me sens encore plus proche de lui.

Je lâche la bride à mon corps. Qu'il bouge comme il le souhaite. Je repousse les doutes, le tumulte de mon esprit, pour me concentrer uniquement sur mes sensations. C'est si bon. Il est fait pour moi.

C'est l'une des choses les plus difficiles de ma vie : céder le contrôle. Ignorer mon côté rationnel. Me détendre et juste profiter de l'instant. Même si mon instinct lutte contre tout ça.

Ses mains parcourent mon corps, m'explorent gentiment. Nous sommes amis depuis très longtemps, et pourtant, nous n'avons jamais été aussi proches. Il est trop tard pour revenir en arrière à présent. Alors je fais la seule chose possible : je suis le courant.

Je finis sur lui, à le chevaucher. Ses mains s'emparent de mes seins, me faisant haleter. Certains décriraient ce son comme un gémissement, mais les chats ne gémissent pas. Nous émettons des bruits de plaisir, oui, mais pas des gémissements. Ils sont pour les humains n'ayant aucun contrôle de leur corps. Je peux résister...

Il glisse le doigt entre mes lèvres intimes, et je gémis, le dos arqué, défaite.

Que me fait cet homme ?

Il brise des barrières qui auraient dû rester intactes.

Accrochés l'un à l'autre, alors que nous fusionnons d'une toute nouvelle manière, j'essaie d'ignorer cette impression que je ressens d'avoir commis une terrible erreur.

º ⁂ º ⁂ º ⁂ º

Nous restons ensemble toute la nuit, nos corps entrelacés. Ça me démange de me lever et partir, comme je le fais chaque fois que je couche avec un mec. C'est la première fois que je reste. J'ai même dormi un peu, quoique pas longtemps et d'un sommeil agité. Lennox m'enlaçait, et je n'ai pas pu me détendre. Je n'ai pas l'habitude du contact. C'est à la fois perturbant et merveilleux.

J'aimerais être une femme normale. Et qu'il soit un type normal. Deux humains pouvant s'aimer mutuellement. Sans casseroles rendant leur relation impossible.

Je n'en peux plus. Je quitte son étreinte avec les gestes les plus lents qui soient. Je suis sûre qu'il en a conscience ; le changement de sa respiration indique qu'il est réveillé. Il me laisse cependant partir. Me transformant, je pars aussi vite que je le peux, ignorant la douleur dans ma poitrine qui s'aggrave à mesure que je m'éloigne de lui.

Lorsque j'arrive chez moi, j'ai l'esprit un peu plus clair, mais le cœur toujours douloureux. Est-ce un effet secondaire de l'accouplement ? Ou bien cette souffrance n'est-elle que dans ma tête ? Dans un cas comme dans l'autre, elle me dérange.

— Regardez ce que le chat a ramené, se moque Beth quand j'entre dans la cuisine, me prenant par surprise.

La vache, il faut que je me concentre. Personne n'arrive jamais à me surprendre de la sorte. Jamais. Beth a dû en venir à la même conclusion, vu son regard perplexe.

— Tu es malade ? demande-t-elle en fourrant une poignée de chips dans sa bouche.

— Non, juste fatiguée, marmonné-je.

Je mets la bouilloire en route. Le thé réglera tous mes soucis, n'est-ce pas ? À ce qu'il paraît. Le thé est un remède miracle pour tout un tas de raisons non scientifiques. Espérons que ça marche. Je ne peux pas faire mon boulot dans cet état.

— Tu devrais peut-être faire une pause, commente Beth en mâchant bruyamment. Lily va à son congrès, tu devrais l'accompagner. Des vacances te feraient du bien.

Elle est toute gentille et serviable, c'est suspect.

— Histoire d'avoir la maison pour toi toute seule en notre absence ? Pour inviter tous tes copains et vous amuser avec des poisons ?

— Pas avec des poisons, non. Plutôt avec des morceaux de cadavre, je pense. J'ai un nouvel ami qui travaille à la morgue. Un type adorable. Bien sûr, il me prend pour une nana timide et innocente qui a peur des cadavres et qui veut les clés de la morgue juste pour un peu d'adrénaline.

Je ricane.

— Bien sûr. Quand comptes-tu lui montrer que tu n'es pas vraiment innocente ?

Elle hausse les épaules.

— Qui sait ? On va d'abord voir comment il est au pieu. S'il me croit trop innocente pour coucher avec moi, je vais devoir intervenir.

Je me verse une tasse de thé tout en l'écoutant bavasser sur son type de la morgue. C'est ce que je fais d'ordinaire : je m'éclate avec un mec, puis je le largue. Pas d'engagement, pas d'attache.

— … et au fait, le chat est revenu.

Je la dévisage. Perdue dans mes pensées, je n'ai pas suivi la conversation.

— Ryker ?

Elle opine.

— Il est dans le jardin, comme toujours. Il ne veut pas rentrer. Je lui ai donné des friandises, mais il n'a rien voulu manger. Je présume que la révélation du métamorphe ne s'est pas bien passée ?

Je soupire.

— On peut dire ça comme ça. Et j'ai trop sociabilisé ces dernières heures. Je vais me coucher.

Ignorant son rire, je monte à l'étage. Je ne me sens pas coupable d'ignorer Ryker. C'est lui qui a fui, après tout. Maintenant, il peut attendre, surtout en revenant plus vite que je ne le pensais. J'ai besoin de temps seule.

Ma mansarde est jolie et apaisante. J'ouvre la fenêtre, puis grimpe sur le hamac, avec encore mes chaussures au pied. Je m'en fiche complètement. J'ai juste envie de dormir. J'ai pu le faire un peu avec Lennox, mais...

Non. Je ne veux pas emprunter ce chemin-là. Plus d'hommes. Juste moi. Kat. La chasseuse solitaire. L'assassin sans émotion. La tueuse, entraînée à donner la mort sans regret. Ça, c'est moi. Contrairement à la femme bizarre qui ne sait pas réagir face aux hommes. Celle-là ne me ressemble pas le moins du monde. Elle est faible, elle est perdue.

D'une certaine façon, j'aurais aimé ne jamais rencontrer Lennox. Ne jamais le retrouver, je veux dire. Parce que j'ai chéri les souvenirs de notre enfance, mais maintenant que nous avons grandi, cela devient compliqué.

Je ferme les yeux, cependant, le sommeil ne veut pas venir. Mon esprit est trop occupé à chercher un sens à tout ce qui m'arrive. J'ai affronté nombre de situations dangereuses, mais aucune qui n'a mis en péril mon cœur. Mon identité.

Je devrais peut-être suivre l'exemple de Lily et partir en vacances. Quitter la ville, laisser tous mes problèmes derrière moi. L'idée a l'air géniale, si ce n'est que je ne suis jamais allée à plus de dix kilomètres de là. Et mon boulot me manquerait. J'ai déjà essayé de prendre du recul un jour. Ça n'a pas fonctionné. Après deux jours sans tuer, j'ai eu la bougeotte. Être une prédatrice est dans ma nature. Je ne peux pas faire taire cet instinct.

Mais alors, qu'est-ce que je vais faire maintenant ?

Pour la première fois de ma vie, je n'ai pas la réponse à cette question.

CHAPITRE 6

        'ai dû m'endormir, car je me réveille blottie dans le hamac en plein après-midi ensoleillé.

Les sons en provenance du rez-de-chaussée m'indiquent qu'il y a au moins deux personnes dans la maison. Sans doute Beth et Benjamin. Lily doit être partie, maintenant, pour profiter de ses vacances. Argh. Non, je ne suis pas jalouse du tout.

Je me lève et m'étire, et ronronne quand mon dos s'arque de la plus délicieuse des manières. Je suis tentée de me métamorphoser juste pour sentir mes griffes sortir, mais ce serait une perte d'énergie. Je me suis trop transformée ces dernières vingt-quatre heures, mon corps a besoin d'une pause. Sinon ça va être douloureux.

Décrétant que j'ai gardé les mêmes vêtements trop longtemps, je me déshabille. Je transpire rarement, cela dit, mes fringues ont tendance à se salir quand je grimpe aux murs ou cours sur les toits.

Nue, je m'étire à nouveau. C'est encore plus agréable.

— *Miaou.*

Heureusement que j'entends le chat approcher avant qu'il ne

se pointe à la fenêtre de la mansarde. Grognant, je saisis rapidement une serviette pour m'enrouler dedans. Je n'aime pas que les gens me voient nue. Je suis sûre de moi dans bien des domaines, mais la nudité, je ne supporte pas. Sauf avec Lennox, manifestement.

Le museau duveteux de Ryker apparaît dès que je suis couverte. Je pensais qu'il aurait besoin de plus de temps. Pourquoi est-il déjà de retour ? A-t-il décidé de me dire la vérité, à savoir qu'il a été un métamorphe toute sa vie et qu'il se moquait juste de moi ? Non, j'ai bien vu qu'il était sidéré. Il ne jouait pas la comédie, même si j'aurais préféré.

Soupirant, j'ouvre la fenêtre. Ryker bondit avec élégance et atterrit la tête haute. Quel crâneur. Il ne s'en rend sans doute même pas compte. L'arrogance des chats. Si je n'avais pas grandi avec la Meute, je serais sans doute la même, mais ils se sont assurés que nous ne devenions pas trop arrogants. Confiants et fiers de nos capacités, oui ; arrogants, non.

— Qu'est-ce que tu fais là ? demandé-je sans même chercher à être polie.

Il miaule à nouveau, sur un ton pressant. Il est inquiet. Non, effrayé.

Merde. J'ai prévu de ne pas me transformer de la journée, mais la peur dans ses yeux me fait revoir ma position. Il n'est pas venu parce qu'il est un métamorphe. Il s'est passé quelque chose.

— Tourne-toi, lui dis-je.

Il me jette un regard perplexe mais s'exécute. Je laisse tomber la serviette et change de forme.

Cela me fait un mal de chien, et je crie de douleur quand mes os s'étirent et que ma fourrure apparaît sur ma peau. Mes gencives saignent quand mes dents s'allongent, emplissant ma bouche du goût âcre du fer. Mes ongles se transforment en griffes, et je comprends, en cet instant, pourquoi arracher les ongles est une méthode de torture si géniale.

Je n'aurais jamais cru que ce serait si douloureux.

Lorsque ma métamorphose se termine enfin, je suis allongée au sol, en boule, la queue battante, tandis que mon corps essaie encore de s'adapter à ce nouvel appendice.

— Je suis désolé, s'excuse Ryker tout bas. Je ne serais pas venu si j'avais pu faire autrement.

Je m'assieds avec lenteur, appuyée sur mes pattes avant comme un sphinx. La tête humaine en moins. Quand je suis sous forme humaine, je peux faire une transformation partielle, mais j'ai tout au plus des griffes à la place des ongles et c'est tout. Certaines personnes de la Meute étaient capables de vraies métamorphoses partielles, gardant certains membres humains et d'autres animaux. Pas moi, cela dit.

— Qu'est-ce qui ne va pas ? grondé-je en me léchant les dents.

J'ai envie de boire une tonne de lait pour me débarrasser de ce goût de sang. J'aime lécher celui des autres, mais pas le mien. Ça fait cannibale.

— Haru et Mila sont morts. Citrouille a disparu. Cinq autres chats manquent aussi à l'appel.

Ses yeux emplis de peur cillent à cet instant.

— Je ne sais pas quoi faire.

— Attends, reprends depuis le début. Que s'est-il passé ?

— Je suis retourné à notre repaire. Haru et Mila avaient la garde des chatons. Ils aiment manigancer plein de choses. J'ai consigné Citrouille, parce qu'il a pénétré dans le garde-manger hier soir. Sinon il aurait été de sortie. Il est un peu trop âgé pour rester là-bas en temps normal, mais…

Il me lance un regard désespéré.

— C'est mon fils. S'il te plaît, aide-moi à tous les trouver. Les chats sont agités et effrayés. Personne n'avait jamais pénétré chez nous. Ils ont tous échappé à des destins horribles, et le repaire était un endroit sûr, pour eux. Jusqu'à maintenant.

— Bien sûr que je vais vous aider. Sais-tu si c'étaient des humains ? D'autres métamorphes ?

— Haru et Mila ont été poignardés avec un couteau, c'est tout ce que je sais. Il n'y avait aucune odeur. Aucune trace. C'est comme s'ils étaient apparus de nulle part, avaient pris les chatons, puis s'étaient évaporés.

— C'est impossible. Il doit bien y avoir des preuves. Personne ne peut disparaître sans laisser de trace.

— Tu crois que je n'ai pas vérifié ? rétorque-t-il sèchement. Je t'en prie, tu peux venir voir par toi-même ? C'est pour ça que je suis venu. Tu es une tueuse. Tu sais comment te déplacer discrètement. Tu vas peut-être repérer un détail qui m'a échappé.

Sa voix se brise.

— S'il te plaît. C'est mon fils.

Je me redresse sur mes pattes, sans tenir compte de leur léger tremblement. Je ne vais pas pouvoir me transformer à nouveau de sitôt, à moins de rester handicapée quelque temps. J'étends mes sens pour voir comment se portent les chatons de Benjamin. Si quelqu'un s'amuse à kidnapper des bébés chats, ils pourraient être en danger. Mais non, ils sont tous dans la pièce qu'il a transformée en paradis pour chats.

— Je dois informer les autres que je m'en vais, dis-je en m'avançant lentement vers la fenêtre.

J'ai la démarche d'une marathonienne en fin de course. Qui s'est saoulée ensuite. Puis qui s'est lancée dans un nouveau marathon, perchée sur des échasses cette fois-ci.

— Ça va ? me demande Ryker.

Je fais bien attention à ma façon de marcher. Je ne veux pas qu'il me croie faible.

— Trop de transformations en vingt-quatre heures, expliqué-je. Je vais devoir rester sous cette forme quelque temps.

— Mais alors, comment vas-tu communiquer avec tes humains ?

Je ricane, comprenant le « de compagnie » à la fin de la phrase. La plupart des chats ne comprennent pas pourquoi je m'embête à fréquenter des humains. Ils ne comprennent pas que je le suis moi-même à moitié, et donc que des compagnons à deux pattes peuvent parfois être utiles. Beth et Benjamin sont deux excellents exemples d'humains utiles.

— J'ai une astuce.

Je saute par la fenêtre ouverte, atterrissant sur le toit en saillie. Mes muscles se plaignent bruyamment, mais je ne tiens pas compte de la douleur. Plus je bougerai, mieux ça ira. J'espère.

Je cours sur le toit puis de l'autre côté de la maison, atterrissant sur le muret entourant le jardin, puis au sol. J'ai l'impression que certains de mes os vont se briser. Ça fait un moment que je veux remplacer l'échelle d'accès à ma mansarde, histoire de pouvoir aussi l'emprunter sous forme animale, mais j'ai toujours d'autres priorités.

Par chance, la porte arrière est ouverte – je dois penser à réprimander les autres plus tard pour ça, d'ailleurs. Nous pénétrons à l'intérieur. Je sens Beth dans le salon. À notre arrivée, elle ne lève pas le nez de son livre. *100 poisons mortels – technique de fabrication*. Sympa. Il faudra que je le lui emprunte plus tard. C'est parfait comme lecture du soir.

Je donne un coup de tête à son genou et grogne un peu, lui faisant comprendre que je cherche à attirer son attention. Elle me lance un regard noir.

— Je suis occupée.

— Va chercher le tableau, dis-je.

À ses oreilles, ça a dû ressembler à une série de grognements bruyants et intimidants.

— J'adore quand tu me parles en chat, se marre-t-elle.

Elle se lève néanmoins du canapé et va chercher le tableau

blanc dans le placard. Elle le pose sur le tapis devant moi et je lève la patte, pour qu'elle puisse y attacher une bande velcro. J'ai l'air ridicule, mais nous avons découvert que c'est la seule manière pour moi de tenir un stylo sous forme animale.

Bethany y accroche un gros marqueur, et je me mets à écrire. Même moi j'ai du mal à lire le résultat, mais, par chance, Beth a l'habitude de mes pattes de chatte.

LENNOX.

— Tu veux que j'aille chercher Lennox ? Pourquoi tu n'y vas pas toi-même ?

Je grogne et indique d'un signe de tête Ryker, qui nous dévisage avec une impatience grandissante.

— D'accord, d'accord, je vais le chercher. Je dois lui dire d'aller où ?

Je me tourne vers Ryker.

— Où est le repaire ?

— Tu fais vraiment confiance au chien ? Je n'ai jamais révélé la position de notre sanctuaire à un inconnu.

Je soupire.

— Lennox est le meilleur pisteur que je connaisse. Si quelqu'un peut trouver les chatons, c'est bien lui.

Ça me fait mal d'admettre qu'il est meilleur que moi dans ce domaine. Au moins, je suis plus douée que lui pour tuer. Il n'y a que Gryphon qui soit à peu près aussi bon que moi.

— Dans la chocolaterie abandonnée. Le chauffage solaire fonctionne encore, donc c'est la planque parfaite en hiver.

CHOC RIE

— Choquerie ? Croquetterie ?

Elle sourit, fière de sa vanne.

— Chocola… terie ? Mais elle est fermée depuis des années.

Ryker gémit.

— Elle est toujours aussi lente ?

— Elle doit être fatiguée, répliqué-je.

Je ressens le besoin de défendre Bethany, étrangement.

Sans doute parce qu'elle est une membre de mon équipe, et que celle-ci doit toujours avoir l'air au top. Nous avons une réputation à maintenir.

— Tu veux que je vienne aussi ?

Je coche le tableau avec le marqueur. Plus il y a d'enquêteurs, mieux c'est. Elle ne pourra peut-être pas nous aider pour la traque, mais elle sera utile pour d'autres choses. Je veux résoudre cette affaire au plus vite. J'aime le petit Citrouille, et l'imaginer en danger, lui ainsi que d'autres chatons, me fend le cœur. Et Mila… Je ne veux pas penser à sa mort. Shara doit être anéantie. Elles semblaient vraiment amoureuses, toutes les deux, d'après la séance de câlins que j'ai interrompue il y a peu.

Je n'ai pas beaucoup fréquenté Haru, mais je me souviens de lui, car il est comme une copie de moi-même, en bien plus petit.

— Comment va Shara ? demandé-je à Ryker.

— Elle est effondrée. Je ne suis pas sûr qu'elle s'en remettra un jour. Mila et elle prévoyaient d'adopter un chaton un de ces jours…

Il regarde le sol pour masquer son expression. Pauvre Ryker. Deux de ses amis sont morts, et plusieurs chatons, dont son fils, ont disparu. Pas étonnant qu'il se montre triste.

Je rajoute « VITE » sur le tableau, puis tends ma patte à Bethany pour qu'elle retire le velcro.

— Ça marche. Je vais chercher Lennox et on vous retrouve là-bas. Est-ce que tu te changeras là-bas pour expliquer ce qu'il s'est passé ?

Je secoue la tête. Je n'en serai pas capable. Cette nuit peut-être, mais pas avant. Ce qui est un léger problème. Je vais devoir rejoindre la chocolaterie sans me faire repérer. Nous sommes au beau milieu de la journée, il y aura des gens partout. Les humains ne comprendraient pas pourquoi une panthère parcourt les rues. Nous allons devoir nous en tenir aux toits, même si je sais que quelques portions du trajet sont dépourvues d'habitation. Eh bien, je serai prudente. Et rapide. Mes muscles protestent en gémissant.

— Comme tu veux.

Elle pose son livre sur la table, tandis que je note mentalement de le lui voler plus tard, et quitte la pièce en bâillant. Espérons qu'elle ait compris que chaque minute compte.

J'adresse un signe de tête à Ryker, et nous partons de la maison en courant, montons sur le toit et filons vers la zone industrielle de la ville. Nous avons des chatons à sauver.

CHAPITRE 7

Je souffre le martyre, mais j'essaie très fort de ne pas le montrer. Atteindre les dernières maisons avant une longue étendue d'herbe est un soulagement. Sauter de toit en toit n'est pas bon pour mon corps en souffrance. J'ai l'impression d'avoir pris vingt ans d'un coup. Non, trente, plutôt.

Pour me distraire de ma douleur, je laisse Ryker me rejoindre, puis nous courons côte à côte. Étant bien plus petit que moi, il doit avoir du mal à suivre ; pourtant, il ne se plaint pas.

— Il y a combien de chats là-bas ? demandé-je.

Ce n'est pas la première fois que je lui pose cette question. Jusqu'à présent, il éludait ; là, la réponse est essentielle. S'il veut que j'enquête proprement, j'ai besoin de toutes les informations.

— Trente-six, répond-il à contrecœur.

Il est à bout de souffle, comme moi, mais je parviens mieux à le cacher.

— Trente-quatre maintenant que Mila et Haru ne sont plus là.

Un silence maussade s'abat sur nous, seulement rompu par le bruit étouffé de nos pattes sur le sol et les halètements sortant de nos poumons.

Je perçois sa tristesse, et je veux l'en distraire. C'est ma façon de sociabiliser. Ou d'être gentille. Ces deux notions sont aussi horribles l'une que l'autre.

— Qui est la mère de Citrouille ?

Ce n'est qu'après avoir posé cette question que je me rends compte que ce n'était peut-être pas le bon sujet à aborder. Pas besoin de lui rappeler que son fils a disparu. Cependant, ça fait un moment que la réponse m'intrigue. Surtout sachant qu'il est un métamorphe. S'est-il accouplé à une chatte ? À une métamorphe ? Pas une humaine, en tout cas, puisqu'il ignore comment se transformer. Je présume que Citrouille n'a pas assez de gènes de métamorphe pour changer, mais en fait, qui sait ? Tout dépend des parents de Ryker et de la femelle qui a donné naissance à Citrouille.

Il met si longtemps à répondre que j'en viens à me dire qu'il ne le fera jamais. Il se racle la gorge.

— Je ne connais même pas son nom. Elle n'était qu'un coup d'un soir un jour où j'étais saoul. Je ne fais jamais ça d'ordinaire, mais il s'était passé certaines choses, et j'avais besoin d'oublier. Douze semaines plus tard, un chat m'a amené Citrouille en me disant que sa mère était décédée d'une overdose.

— Attends, saoul ? Overdose ? On parle toujours de chats ?

Il éclate d'un rire sombre.

— On dirait que tu n'es pas aussi chatte que tu le crois. Les pommes fermentées sont géniales pour se saouler. Cela dit, la mère de Citrouille vivait avec des drogués humains, et elle léchait souvent des restes de drogue. Je crois même qu'ils versaient parfois de la vodka dans son bol. Elle est devenue alcoolique. Si j'ai couché avec elle, c'est juste parce qu'elle était au bon endroit au bon moment. Je ne le regrette pas, cela dit. Citrouille est le plus génial des chatons.

— Oui, c'est vrai, confirmé-je en me souvenant de l'arrivée de ce petit bonhomme dans ma vie.

C'est avec lui qu'a commencé ma relation avec cette étrange famille de chats. Sans lui, je n'aurais sans doute jamais résolu l'affaire Kindler.

Ce rappel renforce ma résolution. Nous devons le trouver avant qu'il ne se fasse blesser. Ainsi que les autres chatons. Les gens s'attaquant aux enfants sont les pires abominations qui soient, que ce soit les enfants humains, métamorphes ou félins.

— On va le retrouver, affirmé-je.

Cette promesse, j'ai bien l'intention de la tenir, quoi qu'il m'en coûte.

— Et nous punirons les monstres qui les ont enlevés. Nous obtiendrons justice pour Mila et Haru.

— Tu sais qu'il t'admire ? marmonne Ryker.

Je mets quelques instants à comprendre qu'il parle de Citrouille.

— Ah oui ?

— Tu es son héroïne. Il n'arrête pas de dire « je veux être comme Kat quand je serai grand ». Résoudre des crimes, aider les gens.

Si j'avais pu rougir, je l'aurais fait. Ce petit chaton surestime totalement mon humanité. Je n'ai accepté l'affaire Kindler que parce que j'étais extrêmement bien payée pour ça. Quant à aider les gens… j'évite de le faire, si j'ai le choix.

Ça demande trop de temps et d'énergie. Je ne suis ni altruiste ni une héroïne. Je suis un assassin qui s'est diversifié une fois en enquêtant sur un crime. Ça ne se reproduira pas. Enfin, sauf pour les chatons en ce moment. Mais c'est différent. Je connais les animaux impliqués. C'est personnel.

Le reste du chemin se fait en silence jusqu'à la chocolaterie abandonnée. Trois cheminées s'élancent haut dans le ciel, donnant l'impression de gratter les nuages. J'imagine ces derniers en train de ronronner d'une telle attention, puis décide de me concentrer sur l'essentiel. Je n'ai pas le temps de me laisser distraire.

Ryker m'entraîne vers un trou dans le mur presque trop petit pour moi ; mes poils s'en retrouvent ébouriffés de manière désagréable.

— Désolé, je suis le plus large des chats, s'excuse Ryker.

— Tu me traites de grosse ?

Il éclate d'un rire involontaire.

— Non, je dis juste que tu as de grands os.

Je pouffe et oublie pendant un instant la raison de notre présence. J'aime bien Ryker. Il a un sens de l'humour tordu, il est magnifique et gentil. Et je ne suis pas du tout intéressée. Je ne le fréquente que parce que j'ai besoin de ses chats et parce que je suis curieuse de savoir comment un métamorphe a pu ignorer en être un toute sa vie.

Je me secoue jusqu'à ce que ma fourrure se remette en place, puis suis Ryker plus loin dans l'usine. Certaines machines sont encore là, équipements étranges auxquels je ne comprends rien. Autrefois, ils fabriquaient du chocolat ; aujourd'hui, ils ne sont que des ombres sombres dans cet espace immense. La lumière s'infiltre par quelques fenêtres cassées, dévoilant l'épaisse couche de poussière au sol, entrecoupée de traces de pattes de chats.

L'air est alourdi par les odeurs de dizaines de chats. Ils ont tous marqué leur territoire, mais l'odeur la plus prédominante est celle de Ryker. C'est sa maison, et il s'est assuré que tout le monde le sache.

Je renifle, à la recherche de fragrances humaines ou métamorphes, mais je ne perçois que celles des chats. Il n'y a pas d'empreintes non plus, ce qui signifie qu'il n'y a pas eu d'humains. Je suis sûre qu'il y a d'autres moyens d'entrer ici. Cette usine est immense.

Ryker miaule fort, annonçant sa présence. Les autres chats devaient déjà le savoir, j'en suis sûre, mais tout le monde est sur les dents.

Trois paires d'yeux luisants apparaissent dans les ombres sur notre gauche. Je reconnais deux odeurs. Tempête et Nyx. Cette dernière passe beaucoup de temps chez moi, à jouer avec Benjamin et se laisser gâter. Sa fourrure blanche chatoie dans l'obscurité. De Tempête, je ne distingue que ses yeux bleus. Elle est noire comme la nuit et tout aussi discrète. C'est un grand atout pour elle, de pouvoir passer ainsi inaperçue dans l'ombre, comme moi. Elle ferait un formidable assassin, si elle était plus grande et avait des mains pour porter des armes.

Je ne reconnais pas le troisième chat, mais bon, il doit y en avoir un tas ici que je n'ai jamais rencontrés. Il n'y en a que quelques-uns qui viennent chercher leur récompense chez moi.

— Où en sommes-nous ? demande Ryker.

Bien qu'il ait la voix calme, la tension émane de son corps.

— Aucun changement, répond Tempête. Nous n'avons rien trouvé pouvant nous dire ce qui est arrivé aux bébés. Voyons voir si la demi-chatte peut faire mieux.

Elle me lance un regard arrogant.

— Demi-chatte ?

Je suis plutôt vexée. J'ai tendance à me considérer comme un chat à part entière quand je suis sous forme animale, et aux trois quarts humaine le reste du temps. Une humaine avec quelques avantages félins.

— C'est comme ça qu'ils t'appellent, explique tranquillement Ryker. Nyx, deux autres personnes travaillant avec Kat vont bientôt arriver. Attends-les dehors et conduis-les jusqu'ici.

— Deux autres bipèdes ? demande le troisième chat, un mâle à la voix grave. Une seule ne suffit pas ?

Il est tigré et possède des rayures tout ce qu'il y a de plus ordinaires. Un chat auquel personne ne ferait attention dans la rue, contrairement à Ryker ou Nyx.

— Ils font partie de mon équipe, répliqué-je froidement. Si tu ne veux pas de notre aide, dis-le tout de suite.

Il se hérisse quelques instants, puis se calme, reprenant ses esprits avant que je n'aie à lui donner une leçon sur le respect dû à ses supérieurs. Je n'ai pas le temps de prouver ma domination sur les chats de Ryker. Ils feraient mieux de faire ce que je leur demande.

— Montre-moi où ils ont été enlevés, prié-je Ryker.

Il hoche la tête avec solennité et me fait emprunter un autre trou dans le mur.

— Nous avons divisé notre maison en différentes zones. Une pour le stockage des aliments, l'autre pour les vieux chats ayant besoin de plus de confort, une nurserie pour les chatons, et quelques pièces pour les chats adultes. Mila a été tuée à l'extérieur de la nurserie, Haru à l'intérieur. Ils essayaient de défendre les chatons...

Il ressent une telle tristesse qu'elle suinte presque de son poil. Il essaie de tenir bon, mais des fissures apparaissent dans son armure et laissent passer ses émotions.

Nous traversons une pièce remplie de chats débordant d'anxiété et d'inquiétude. Ils nous fixent, certains sans lueur d'espoir dans les yeux. Ils ont déjà renoncé. Cela me met en colère. Nous allons trouver ces chatons. Il n'y a pas le choix. Et avoir un tas de chats tristes dans les pattes ne nous sera d'aucune utilité.

Les cris de Shara brisent le silence avant notre arrivée à la nurserie. C'est la première fois que j'entends un chat émettre de tels sons de chagrin, de douleur, de cœur brisé.

Nous nous trouvons dans un couloir qui devait abriter des bureaux autrefois. Shara est allongée sur le sol et enlace le corps sans vie de Mila. Ses gémissements résonnent sur les murs en métal, amplifiant son chagrin. Pauvre bête. Elle aimait Mila. Mon premier couple de chattes lesbiennes. Elles étaient adorables ensemble, mais maintenant, l'une est morte et l'autre est brisée.

La colère m'envahit. Ce n'est pas juste. Je vais trouver les responsables de tout ça et les tuer lentement, douloureusement. Leur arracher les ongles un à un. Leur retirer les dents jusqu'à ce qu'ils en tremblent sous l'effet de la souffrance. Dessiner des traits sur leur peau avec mes couteaux les plus aiguisés. Ils vont en baver, à la hauteur de ce que vit Shara en ce moment.

Je ne dis rien à celle-ci. Je sais qu'elle est trop plongée dans le chagrin pour l'instant. Plus tard, il faudra qu'elle lâche le corps de Mila pour que je puisse l'examiner, mais pas tout de suite.

Derrière elles se trouve une porte en bois, avec un grand trou en bas. Suffisant pour que les chats s'y faufilent, clairement pas pour moi. Soupirant, je me dresse sur mes pattes arrière et appuie sur la poignée. Elle n'est pas verrouillée, ouf, et s'ouvre avec un petit bruit clair.

À l'intérieur, c'est le carnage. Les coussins et les couvertures sont éventrés et déchirés, répandus partout sur le sol et recouverts de plumes et de morceaux de tissu. Des taches de sang tapissent le mur sur notre droite, indiquant le corps d'Haru, dont la fourrure baigne dans une mare rouge.

Ma colère se transforme en fureur. Je m'approche lentement de lui, humant l'air à la recherche d'odeurs inhabituelles. Outre celle des chats et de leur urine — certains chatons devaient être trop jeunes pour avoir le contrôle total de leur vessie —, j'en détecte une étrange. Elle est faible et difficile à repérer, mais elle est bien présente. Elle m'est familière, sans que je puisse toutefois la reconnaître. Je ne peux pas l'identifier, disons. Comme si je l'avais sentie pour la dernière fois il y a très longtemps et qu'elle était enfouie dans ma mémoire.

Haru se trouve sur le flanc, les yeux fermés, les griffes sorties. Celles-ci sont pleines de sang. Il a dû se battre, à mort, pour lui et pour les chatons. Je demanderai à Beth d'en prendre un échantillon pour un test ADN. Avec un peu de chance, il n'y aura pas que son sang. Nous ne possédons pas de base de données ADN pour comparer, mais cela nous dira au moins si le coupable est humain ou métamorphe. Et peut-être que je pourrai demander à Benjamin de s'infiltrer dans le QG de la police pour accéder à leur labo. Non, pas peut-être. Je vais surtout lui *ordonner* de le faire. Parfois, j'ai encore du mal à me faire à mon statut de patronne d'entreprise dirigeant des employés.

J'adorerais me transformer pour examiner tout ceci avec mes mains, cependant, je sais que j'en suis incapable avant un moment. Mes pattes sont délicates malgré ma taille, mais mes pouces opposables me manquent. Ils facilitent bien la vie.

Je vais devoir patienter le temps que Beth et Lennox arrivent. En attendant, je parcours la chambre et étudie la scène. Quelques jouets sont éparpillés sur le sol, bien usés. Des gamelles vides s'alignent contre un mur ; certaines ont été retournées. Par les chats ou le coupable ?

Le nez près du sol, je hume toutes les odeurs que je peux trouver. Lorsque j'ai terminé le tour de la pièce, j'ai catalogué les fragrances des chats disparus. Elles sont faciles à distinguer de celles des adultes, pleines d'hormones et d'arrogance. L'odeur de Citrouille se situe quelque part au milieu, un adolescent devenant peu à peu adulte. Celle d'Haru imprègne l'atmosphère, rendue encore plus puissante par le sang. Même quand son corps sera retiré, l'odeur ne disparaîtra pas facilement d'ici.

— Tu as quelque chose ? demande Ryker avec impatience après m'avoir vue faire une seconde fois le tour de la pièce.

— Une odeur, marmonné-je pensivement. À la fois familière et inconnue. Je ne pense pas qu'elle appartienne à un chat ni à un humain. Quelque chose d'autre, entre les deux.

— Un métamorphe félin ?

Il renifle.

— Je ne sens rien.

Je secoue la tête.

— J'en doute. Je n'ai pas connaissance qu'il y en ait d'autres en ville à part moi. Et tu pourrais le sentir, non ? Tu arrives bien à percevoir mon odeur.

— Oui, mais elle est plus faible que celle des autres chats. C'est comme ça que nous te reconnaissons. Tu sens l'humaine et un soupçon de chat.

Je suis vexée. Un *soupçon* de chat ? Je suis le plus grand de la pièce et je me sens tout aussi féline qu'eux, merci bien. Peut-être même plus. Regardez mon corps massif, musclé et puissant, ma fourrure soyeuse, mes griffes acérées. Je suis une machine à tuer, un chat perfectionné par la nature.

— Tu n'as pas de frères et sœurs ? demande Ryker. Ou de parents ?

Je feule, incapable de me retenir.

— Non, lancé-je sèchement pour bien faire comprendre mon point de vue : cette conversation va s'arrêter tout de suite.

Ryker n'insiste pas et baisse la tête en signe de soumission.

Du bruit au loin indique l'arrivée de Bethany et de Lennox. Bien qu'elle soit bien plus douée que la plupart des humains pour se déplacer discrètement, elle fait toujours du raffut en comparaison avec les chats. Lennox récolte quelques feulements et grognements de la part de la famille de Ryker. Espérons qu'il ne le prenne pas personnellement. Chats et chiens ne se sont jamais bien entendus. Même si c'est un loup, ça ne doit pas faire grande différence. C'est un miracle que nous soyons devenus amis, lui et moi. Et maintenant, nous sommes… quoi, exactement ? Toujours amis ? Des copains de baise ? Des amis avec avantages ? Quelque chose d'autre ?

Argh. J'aurais aimé ne pas avoir besoin de lui, mais il est meilleur pisteur que moi. Et pour le bien de Citrouille et des autres chatons innocents, je dois mettre mes problèmes personnels de côté.

Lorsqu'ils entrent dans la pièce et qu'elle voit Haru, Beth inspire vivement.

— Pauvre chaton, marmonne-t-elle en s'agenouillant près du corps.

Elle enfile des gants et examine délicatement les profondes entailles, tandis que Lennox fait le tour de la pièce. Il est sous forme humaine, son corps musclé caché sous des vêtements. Pendant un instant, je me prends à regretter qu'il ne soit plus nu comme ce matin, mais je repousse ces pensées dans un coin très sombre et bien caché de mon esprit. Je ne suis pas une chatte en chaleur. Je suis une professionnelle. Je peux travailler avec lui, quoi qu'il se passe entre nous.

— Kat, que s'est-il passé ? me demande-t-il, s'attendant sans doute à ce que je me transforme pour lui répondre.

— Elle ne peut pas se métamorphoser, intervient Bethany avant que je ne doive en passer par des devinettes pour me faire comprendre. Je pense qu'elle l'a trop fait récemment.

Lennox pousse un grognement.

— C'est ma faute. Désolé. Alors, deux chats morts, et d'après les odeurs que je perçois ici, j'imagine qu'il y avait d'autres chats ? Ils sont morts ou ont disparu, c'est ça ?

J'opine. Si je le pouvais, je le corrigerais, lui disant qu'ils ne sont pas morts, qu'ils n'en ont pas le droit. Mais je suis coincée, je ne peux que hocher ou secouer la tête. Mon corps me fait toujours mal et me transformer maintenant me handicaperait plusieurs heures. Je crois que je n'ai jamais autant regretté une partie de jambes en l'air.

— Kat, est-ce que tu connais la jaguar métamorphe ? Son odeur m'est familière.

Une jaguar ?

Je me fige.

Putain. J'aurais dû la reconnaître. J'en suis une aussi, après tout, dans un sens. Je préfère me qualifier de panthère, puisque je suis noire et sans taches, mais je sais que je suis techniquement une jaguar. Je me souviens vaguement que mon père est une panthère noire et ma mère une jaguar. C'est à peu près la seule chose que je me rappelle à leur sujet. Et maintenant que Lennox en parle…

Oui, je connais cette odeur. Je la reconnais. Même si mon subconscient essaie de me faire croire le contraire depuis plusieurs minutes.

Je m'en souviens. Bien que cela remonte à si longtemps qu'il ne s'agit que d'un lointain souvenir presque oublié.

Putain, putain, putain.

Je quitte les lieux en courant, ignorant les appels de Ryker, ignorant les chats qui sursautent quand je les dépasse.

Ma mère est de retour. Et c'est une tueuse de chats.

CHAPITRE 8

C'est Ryker qui me trouve le premier, alors que je suis roulée en boule dans un champ. J'ai couru jusqu'à ce que mon corps me fasse trop mal pour continuer. Je me suis affalée dans ce champ, sachant que j'y serais seule. Capable de penser. Les tiges fermes me piquent la peau, faisant écho à mes pensées.

Douleur. Trahison. Confusion.

Je croyais ma mère morte. Sinon pourquoi m'aurait-elle laissée avec la Meute ? On ne m'a pas arrachée à mes parents, comme la plupart des enfants. On m'a apportée à la Meute, offerte à eux comme un présent. Je suis certaine que mon père est décédé, je me souviens vaguement de ce jour-là. Ma mère était malade, faible ; j'ai toujours pensé qu'elle m'avait cédée à la Meute parce qu'elle se savait mourante et incapable de prendre soin de moi. Parce qu'elle savait que c'était le seul moyen de s'assurer que je survivrais.

Toute ma vie, j'ai cru qu'elle ne pouvait pas venir me chercher, qu'elle était morte et que c'est ainsi que j'ai fini avec la Meute, cru que me confier à eux était sa dernière action en tant que mère, cru qu'elle ignorait à quel point c'était horrible là-bas.

Mieux valait que je finisse dans la Meute que dans la rue. Je n'aurais jamais survécu. Je ne sais pas exactement quel âge j'avais quand ma mère m'a laissée, mais je ne devais pas avoir plus de trois ou quatre ans. Assez âgée pour avoir des fragments de souvenirs, trop jeune pour pouvoir m'en tirer dans la rue.

Outre la trahison, je ressens une confusion encore plus grande. Pourquoi ma mère est-elle venue à la chocolaterie ? Pourquoi tuer deux chats ? Pourquoi kidnapper les chatons ? Ça n'a aucun sens. Je m'étais dit que les coupables pourraient être des humains qui voulaient les chatons pour faire des expériences ou n'importe quel autre dessein diabolique. Ou des métamorphes de la Meute. Mais pas ma mère. Pas une métamorphe féline.

Ryker s'allonge contre moi, sa fourrure contre la mienne. Il ne parle pas. Ne bouge pas. Il reste simplement là, à m'offrir le réconfort de sa présence. Je suis contente qu'il ne dise pas un mot. Je ne saurais pas quoi répondre. J'ai l'impression d'être une traîtresse. Il croit peut-être que j'ai fait exprès de ne pas identifier l'odeur. Non, il ne serait pas venu s'il ne me faisait pas confiance. Il n'est pas là pour m'accuser. Il est venu m'aider.

J'ai presque envie de pleurer, sauf que je m'y refuse. Katriona Feln ne pleure pas. Peut-être en serais-je capable si j'avais été élevée par ma mère et non la Meute. Dans cette dernière, la moindre faiblesse est exploitée, alors j'ai très vite appris à ne jamais montrer mes émotions, à les laisser disparaître et les enfermer tout au fond de moi. Les larmes peuvent être mortelles, dans des endroits comme la Meute.

La nuit est en train de tomber, et je commence à avoir froid. J'ai une fourrure épaisse, mais rester allongée dans la même position plusieurs heures n'était pas une bonne idée. Je suis raide et ankylosée. Je devrais bientôt pouvoir me métamorphoser, mais il vaudrait mieux que j'attende d'être chez moi afin de pouvoir ensuite rejoindre mon hamac et dormir très, très longtemps.

— Veux-tu rentrer chez toi ? demande doucement Ryker, un peu comme s'il craignait de briser le silence.

— Pas vraiment, non, marmonné-je d'une voix rauque. Mais je pense que c'est l'heure.

— Veux-tu en parler ?

Non. Cependant, ma bouche s'ouvre et les mots se déversent tout seuls, échappant à mon contrôle. Fichu cerveau.

— Je ne savais pas que c'était ma mère. Je te le jure. Je n'ai pas reconnu son odeur. Elle m'a abandonnée quand j'étais enfant...

Abandonnée. Voilà. Jusqu'à présent, je m'étais convaincue que c'était pour mon propre bien, qu'elle m'avait laissée pour me sauver. Maintenant, je sais que c'est faux. Elle m'a abandonnée. Elle aurait pu revenir, m'épargner cette vie au sein de la Meute, sauf qu'elle ne l'a pas fait. Elle m'a condamnée à une existence faite de souffrances, d'esclavage et d'agressions. Quelle mère ferait ça ?

— Ce n'est pas ma mère, continué-je d'une voix dure. Elle m'a peut-être donné naissance, mais je ne l'accepte pas comme mère. Celle de mes souvenirs n'est pas une tueuse. Elle ne kidnapperait pas des bébés innocents. Elle ne m'aurait pas laissée...

Putain. Mes yeux me brûlent. Non, je ne vais pas pleurer.

Souviens-toi de ton entraînement, Kat. Les larmes sont mortelles. Les larmes sont une faiblesse. Ryker ne doit pas te voir ainsi. Il faut qu'il te respecte. Tu n'es pas une faible femme ayant besoin de réconfort. Tu es plus forte que lui. Plus forte qu'eux tous.

Je ravale mes larmes, et mes yeux cessent de me picoter. Bien. On progresse.

Je me lève et m'ébroue pour essayer de me départir de ma raideur.

— Allons-y, dis-je en soupirant, avant de me mettre à courir.

⁎ ⁎ ⁎ ⁎ ⁎

Ryker me raccompagne jusqu'à ma porte. Pourquoi ? Ne devrait-il pas chercher son fils plutôt que de me regarder me morfondre ? Quelle perte de temps. Et pourtant, je suis d'une certaine façon contente qu'il soit là. Il m'aide à ne pas perdre pied, même s'il ne fait rien d'autre qu'être présent.

Je prends le chemin du jardin, et de là, saute sur les poubelles puis sur le toit, jusqu'à ma mansarde. Mon petit sanctuaire.

Ryker atterrit derrière moi sur ses pattes douces, pratiquement sans faire de bruit. Il est grand pour un chat, mais loin d'atteindre ma taille. Je me demande si l'un de ses parents était un grand félidé, et pas juste un chat de gouttière. On dirait qu'il a du sang de lion en lui.

Gémissant de douleur, je m'affale par terre et laisse la transformation survenir. J'ai envie de redevenir humaine. Je préfère dormir dans mon hamac que sur le sol, comme un chat.

La douleur est pire que je le pensais. Je crie alors que ma fourrure s'en va et que mes os craquent et se brisent. Je souffre, tellement. Bien que je serre les dents, des geignements m'échappent. Je ne veux pas hurler, afin que les autres ne sachent pas combien ça se passe mal, mais je ne peux pas me retenir. La douleur me submerge, m'enserre dans ses griffes. Mon corps se transforme dans une lente agonie et j'en expérimente chaque seconde. J'aurais dû rester en chat. J'aurais dû deviner que c'était une mauvaise idée.

J'ai vaguement conscience de mon environnement ; de Ryker, toujours présent, mais plus seul. Je voudrais me lever, ouvrir les yeux et m'assurer que les autres ne sont pas une menace, cependant, je n'en ai pas l'énergie. Je suis torturée par mon propre corps, et je n'y peux rien, à part attendre que ce soit terminé.

— Elle saigne. Va chercher des bandages.

Ah oui ? Ce n'est pas normal. Parfois, je me mords la langue quand je me transforme, mais je ne pense pas qu'ils parlent de ça. Qui qu'ils soient.

La douleur cède la place à un brouillard épais qui m'enveloppe et m'éloigne de l'agonie qui s'accroche encore à mes os.

— C'est déjà arrivé ?

— Est-ce qu'on devrait contacter Lennox ?

Non, pas Lennox. Je ne veux pas qu'il me voie comme ça.

Je ne peux pas parler, pas bouger ; je ne peux que hurler et gémir. Bien que je ne ressente plus aucune douleur ou presque, mon corps y réagit encore.

J'aimerais pouvoir sombrer dans l'inconscience. M'endormir et ne me réveiller que quand tout serait fini. Malheureusement, mon esprit n'est pas sur la même longueur d'onde. Il me garde éveillée, même si mes pensées sont confuses. Comme si je regardais le monde à travers un miroir.

— Il faut stopper le saignement. Il empire.

C'est peut-être pour ça que je me sens si vaseuse. C'est l'un des effets de la perte de sang. J'en tire régulièrement profit, quand j'ai besoin de soutirer des informations aux gens. Il suffit de leur prélever une certaine quantité de sang, et ils se retrouvent assez dans les vapes pour tout balancer. Je suis plutôt contente de ne pas pouvoir parler à l'heure actuelle.

— Elle est brûlante. Nous devons la refroidir. On a de la glace ?

Tant de voix. Je n'arrive pas à les distinguer, à savoir combien elles sont. Elles ne cessent de parler, mais je ne perçois que quelques phrases.

Par pitié, assommez-moi. Je ne veux plus être dans cet état. Assommez-moi, qu'on n'en parle plus. Être impuissante est la pire chose qui puisse m'arriver. Or, je ne l'ai jamais été autant que maintenant. Je déteste ça. Même dans la Meute, même avec le collier, j'avais plus de contrôle sur ma vie qu'en cet instant.

J'essaie de parler, de leur dire de me frapper à la tête ou de m'étrangler, ou de faire n'importe quoi pour abréger mes souffrances, mais je suis incapable d'ouvrir la bouche. Je réalise lentement que j'ai le goût du sang sur la langue. J'ai envie de le cracher, sauf que mes mâchoires sont contractées. Suis-je déjà humaine ? Ou encore une panthère ? Ou quelque chose entre les deux ?

Le brouillard s'approfondit. Oui, emporte-moi. Laisse-moi sombrer. Laisse-moi m'échapper.

— Qu'est-ce qu'elle dit ?

Suis-je en train de parler ? Non, je ne crois pas.

— Elle parle en chat.

Non, ce n'est pas vrai.

— Ça va aller, Kat. Je suis là.

Sa voix, claire, franchit le brouillard. Ryker. Je m'accroche à ses paroles, m'y agrippe le plus fort possible. J'ai besoin qu'il reste là. Il est le seul à me comprendre.

— Je vais rester.

L'ai-je dit à voix haute ?

— Oui.

Non, impossible. Je sens bien que j'ai les mâchoires serrées. J'ai du sang dans la bouche. Je ne peux pas parler. J'essaie, mais ça ne fonctionne pas.

— Si, Kat, tu parles. Beaucoup. Crois-moi. Oui, il y a du sang, mais ta bouche s'ouvre et se ferme.

Je n'en ai pas l'impression, pourtant. Est-ce que ça veut dire que je ne peux pas faire confiance à ce que je ressens ? Mon corps me trahit-il ?

Je gémis. Pire. Jour. De. Ma vie.

— Tout ira bien, répète-t-il. Je pense que ta transformation est bientôt terminée. Et alors, le saignement s'arrêtera.

Le saignement ?

— Euh, oui. Tout ton corps est recouvert de sang. Tu as l'air coincée entre la panthère et l'humaine. Tu n'as pas encore fini. Ta peau est encore en train de se régénérer.

Argh, ça paraît horrible. Pas étonnant que je souffre.

— Ça a l'air douloureux. Je crois que l'un des humains est parti chercher un antidouleur. Ils font de leur mieux pour t'aider.

Ils ? Je ne distingue pas bien leur voix. Le seul qui me semble réel, c'est Ryker.

— C'est sans doute parce que tu n'es pas encore tout à fait humaine. Mais je suis content que tu puisses me parler. J'étais très inquiet.

Pour moi ? Il devrait plutôt l'être pour son fils, pour les autres chatons. C'est une perte de temps de rester à mes côtés.

— D'autres sont à leur recherche, m'explique-t-il gentiment. Ils me tiennent au courant. Maintenant que nous savons que nous devons trouver une métamorphe féline, ce n'est qu'une question de temps. Dès que mes chats auront repéré son odeur, ils viendront me chercher. Et toi aussi, si tu te sens mieux d'ici là. Donc ne t'en fais pas, je vais rester.

Ses paroles sont comme un baume sur mes plaies. Elles m'apaisent, écartent la douleur. Je me demande comment il y parvient. Comment fait-il pour avoir un tel pouvoir sur moi ?

Il pouffe tout bas.

— C'est peut-être parce que je suis un métamorphe aussi. Même si j'ai encore du mal à m'y faire. Je ne l'ai même pas dit aux autres. Puisque je ne sais pas comment me transformer, quitte à rester un chat toute ma vie, ils n'ont peut-être pas besoin de le savoir.

Il évite le sujet.

— Non, ce n'est pas vrai. J'y ai pensé, mais ce n'est pas urgent.

Comment fait-il pour répondre à mes pensées ?

— Parce que tu parles tout haut. Sans aucun filtre. D'autres chats pourraient en tirer profit.

Mais pas lui. C'est un gentil chat. Joli. Magnifique, et tendre, et honorable.

Il ricane.

— Je t'arrête là. Ne dis rien que tu pourrais regretter une fois dans ton état normal.

Oh, oui. Il faut que je sois prudente. Il ne doit pas découvrir combien je l'admire d'avoir pris soin des autres chats, pour sa capacité à survivre sans l'aide de ses parents, pour sa fourrure si belle, pour...

— Arrête, Kat. Tu délires. Tu souffres toujours ?

Je me concentre sur mon corps. C'est dur à faire, comme s'il ne m'appartenait pas vraiment. Ou *plus* vraiment. Je ressens encore de la douleur, mais atténuée, supportable. Cependant, j'ai très envie de dormir. De sombrer.

— Je peux t'aider. Tu as déjà été étouffée de câlins par un chat ?

Je devrais l'ajouter à la liste des expériences bizarres que j'ai faites. Celle des choses à ne *pas* faire avant de mourir. Je me raidis et pense très fort, en espérant qu'il m'entendra : « Fais-le. Aide-moi à sombrer. »

Quelque chose de doux et chaud m'effleure le visage, mais je ne ressens aucune douleur, puisque mon corps est si loin, aucun malaise alors qu'il m'étouffe lentement. Kat, tuée par un chat. Quelle ironie.

CHAPITRE 9

— $\mathcal{N}$e t'avise pas de la réveiller. Elle a besoin de sommeil pour récupérer. Littéralement. Tu as vu sa peau ?

— Miaou. Miaou.

— Écoute, boule de poils surdimensionnée. Tu as failli la tuer hier. La moindre des choses serait de la laisser dormir.

— Miaou.

Je me redresse en gémissant et regarde autour de moi. Je ne suis pas dans mon hamac, mais par terre, sur une couverture et des coussins. Dommage, j'adore mon hamac. M'y balancer lentement en faisant comme si j'étais dehors est l'une de mes activités préférées de la journée. Sauf si j'ai un meurtre à commettre. *Ça*, c'est mon activité favorite.

— Et voilà, tu l'as réveillée.

Beth est assise près de la trappe, les jambes pendant dans le vide. Ryker se tient près d'elle et ne cesse de miauler. Même humaine, j'entends l'urgence dans son ton. Il s'approche de moi lentement et vient frotter sa tête contre ma cuisse. Je ne me souviens pas de grand-chose. Beaucoup de douleur. Ma transformation qui tourne mal.

— Que s'est-il passé ? demandé-je à Bethany.

Argh, ma voix est toute faible et rauque. Il faut que je boive. Du lait et du miel, ou peut-être juste du lait. Tout un bol. Non, un verre. Les humains boivent au verre.

Elle fait la grimace.

— Tu étais toute sanguinolente. J'en ai vu, des choses, mais même moi j'ai trouvé ça dégoûtant. Ne recommence jamais, s'il te plaît.

— Recommencer quoi ?

Je ne suis pas sûre de vouloir le savoir, mais je déteste ne pas détenir toutes les informations.

— Ta fourrure a disparu, mais ta peau aussi. Tu n'étais qu'un tas de chair à vif. Voilà ce qui s'est passé. C'était dégoûtant, comme je te l'ai dit.

Elle est parcourue d'un frisson visible.

— Et tu as beaucoup miaulé. Ce chat, là, te répondait en miaulant, puis tout à coup, il t'a sauté au visage et t'a étouffée. On a essayé de l'arrêter, mais il a lutté avec une certaine bravoure.

Elle indique les éraflures sur ses bras. Je fusille Ryker du regard.

— Interdiction de griffer mes amis.

Il m'épingle du sien.

— Bon, d'accord, tu as bien fait. Je me souviens vaguement te l'avoir demandé.

— Tu lui as demandé de te tuer ? répète Beth, incrédule.

— Pas de me tuer. Juste de sombrer dans l'inconscience histoire que je ne sente plus la douleur.

Son regard s'adoucit.

— Je suis contente que tu sois toujours avec nous. Je n'étais pas certaine que tu passerais la nuit. Je n'ai jamais rien vu de pareil, et Lennox non plus.

Je lève la tête.

— Il était là ?

Ryker grogne un peu, mais je l'ignore. Ce n'est pas le moment d'illustrer l'animosité entre chiens et chats.

— Oui, il est parti il y a quelques heures, quand ta peau a été presque guérie. Il m'a dit qu'il reviendrait bientôt, qu'il avait un truc à faire.

M'éviter, par exemple. J'aurais fait la même chose à sa place.

Je me tourne vers Ryker.

— Des nouvelles de Citrouille et des autres ?

Il secoue la tête, et avec sa fourrure, son geste devient majestueux. C'est sûr, il a du sang de lion dans les veines. Cette crinière…

Quand il miaule, j'ai l'impression de pouvoir le comprendre. Ses intentions m'apparaissent bien plus clairement que celles des autres chats. Chez eux, je perçois les besoins primaires tels que nourriture, avertissement contre un danger, bonheur. Chez lui, il y a bien plus de nuances dans les miaulements. Sans doute parce qu'il est métamorphe. Je n'ai jamais communiqué avec d'autres métamorphes félins – enfin, je l'ai sans doute fait enfant, mais je ne m'en souviens pas –, alors c'est une expérience nouvelle pour moi.

— Qu'est-ce qu'il dit ? demande Bethany, comme si elle savait que j'ai compris.

— Ils n'ont pas encore trouvé les chatons, mais… ils ont trouvé quelque chose. Et il veut que je vienne voir. C'est ça ?

Ryker opine, et ses yeux bleus lumineux luisent de soulagement. Il miaule encore.

— Tu peux venir aussi, Beth. Si tu veux. Ou parce qu'ils ont besoin de toi. Je ne comprends pas bien ce qu'il cherche à me dire. C'est dur à comprendre.

Beth ricane.

— Évidemment qu'ils ont besoin de moi. Je suis la meilleure.

Je ris, mais m'arrête dès que mes côtes me font mal. Bien

que je sois guérie en grande partie, je devrais y aller mollo. Au moins ne pas me transformer pendant plusieurs jours. Ça va être une torture. Lennox saura peut-être ce qu'il s'est passé. Ou bien il aura trouvé des métamorphes qui le sauront. Je ne sais toujours pas pour qui il travaille. J'ai tant de questions à lui poser, tant d'histoires à apprendre ; cependant, après ce qui s'est produit entre nous, je ne suis pas sûre que j'aurai l'opportunité de le savoir. Coucher avec lui a été une erreur. Une énorme.

Je me lève lentement et me rends alors compte de ma nudité. Je me moque un peu que Bethany me voie ainsi, toutefois, pour une raison étrange, ça me gêne que Ryker assiste à la scène. Même si c'est un chat. Mais c'est aussi un homme. Il se transformera un jour, quand nous aurons trouvé comment l'aider à le faire. Après le fiasco Lennox, je compte me tenir à l'écart des hommes pendant un moment. Pas de tentation, pas de nudité. Et pas de parties de jambes en l'air, clairement.

— Tourne-toi, lancé-je sèchement.

Satisfaite, je vois Ryker obéir sans tarder. Beth glousse, mais ne dit rien. Bien. Mes forces sont en train de me revenir, et avec elles le désir de tuer. Juste parce que je suis en colère contre moi-même. Un bon petit meurtre me distrait toujours de mes propres échecs, me rappelle que je suis douée dans les domaines qui comptent vraiment.

Je revêts en vitesse ma combinaison en cuir préférée — j'en ai plusieurs exemplaires — et empoche tous les couteaux que je trouve dans la mansarde. Il y en a encore plus dans la salle des armes, mais je n'aurai sans doute pas l'opportunité de tuer quelqu'un aujourd'hui. Si ma mère est véritablement coupable, je ne suis pas sûre de pouvoir la trucider. Toutefois, je vais avoir une dispute sacrément violente. Parce qu'elle m'a abandonnée, et surtout parce qu'elle a tué des chats et kidnappé des bébés.

Ryker miaule.

— On se retrouve dehors. Je vais prendre l'échelle, cette fois-ci.

Je me tourne vers Beth.

— Tu viens ?

Elle opine.

— C'est bien plus intéressant que de rester ici à attendre que Benjamin se réveille.

— As-tu analysé le sang coincé dans les griffes d'Haru ?

— Oui, il est dans la machine. Ça va prendre quelques heures. J'ai déjà demandé à Benjamin de comparer les résultats avec la base de données. Il était tout content de recevoir l'ordre de pénétrer à nouveau au commissariat par effraction. Il se demandait s'ils ont amélioré leur système de sécurité depuis la dernière fois.

Je soupire.

— Ce gamin devient téméraire. Je ne paierai pas sa caution s'il se fait chopper.

Bethany éclate de rire.

— C'est exactement ce que je lui ai dit ! Mais il s'en fout. Il est doué, cela dit. Il va gérer. Tu l'as bien formé.

— Je n'ai pas eu grand-chose à faire. Il en avait déjà appris beaucoup tout seul. Je l'ai juste aidé à affiner certaines techniques et à marcher plus discrètement. Enfin bref. Puisque ce sujet est réglé, allons-y.

Ryker ne nous conduit pas vers la chocolaterie, mais dans la direction opposée. Nous progressons lentement, puisque je ne suis pas assez forte pour courir, et parce que je mange un sandwich en même temps. Je meurs de faim. Mon corps semble avoir brûlé toutes ses réserves en essayant de se guérir tout seul. Je pourrais manger des dizaines de souris. Je grogne en réalisant ce que je viens de penser. Mon cerveau est toujours en mode panthère. J'espère que ce n'est pas permanent.

Bethany sifflote gaiement. J'aurais adoré lui dire de la

boucler, cependant, je refuse d'user mon énergie à me disputer avec elle.

Il nous faut presque une heure pour rejoindre notre destination : une rangée de maisons mitoyennes. Si ennuyeuses. Identiques. Sans personnalité ni caractère. La seule petite chose qui varie, c'est l'état de la pelouse de devant. Il n'y en a qu'une seule dont l'herbe est parfaitement entretenue et tondue, toutes les autres vont de « envahies par les mauvaises herbes » à « jonchées de débris ». Je n'aimerais pas habiter là.

— Qu'est-ce qu'on fait ici ? demande Beth. Ça ne ressemble pas à l'adresse d'un ravisseur de chats.

Ryker miaule, mais il y a bien trop de nuances dans son message.

— Désolée, je n'ai pas compris. Tu as parlé d'un symbole ?

Ryker secoue la tête et miaule à nouveau. Cette fois, je perçois sa frustration et son agacement face à mon incapacité à saisir ce qu'il essaie de me dire.

— Un message ?

Il grogne, énervé.

— Si ça t'embête que je ne te comprenne pas, tu devrais te transformer et me parler normalement, lancé-je sèchement.

Je le regrette tout de suite.

Il écarquille les yeux, blessé.

Je ne m'excuse pas, cela dit. « Désolé » ne fait pas partie de mon vocabulaire.

Sans ajouter un « miaou », il nous conduit dans une des maisons au centre de la rangée. Si quelqu'un regarde par la fenêtre, cela ressemble à deux femmes promenant leur chat, et non l'inverse. Cela dit, vu l'allure du quartier, je parie que tout le monde est au boulot, à fixer de la paperasse ennuyeuse toute la journée. Sans intérêt.

Entre chaque maison se trouve un petit passage, permettant aux habitants de transporter leurs poubelles du jardin jusqu'au trottoir, où les éboueurs les ramassent tous les deux jours.

L'herbe à l'arrière aurait bien besoin d'être taillée, comme si personne n'avait mis les pieds ici depuis longtemps. Il y a cependant une odeur dans l'air… une odeur de chats.

Ryker nous mène jusqu'à un vieil abri de jardin, au fond. Certaines planches se détachent, et je parie que le toit fuit.

— Qu'est-ce qu'on fait là ? demandé-je, avant de me souvenir que je n'allais sans doute pas comprendre la réponse.

Comme c'est frustrant.

Il gratte à la porte du cabanon, et je la lui ouvre. Bien qu'il fasse sombre à l'intérieur, mes yeux s'ajustent rapidement. Outre les équipements de jardin et les toiles d'araignée de rigueur, je découvre des coussins d'extérieur poussiéreux, du genre que l'on place sur des fauteuils de jardin. Allongée dessus se trouve une fillette maigrichonne, aussi pleine de poussière que le reste de l'endroit. À travers la saleté, je devine des cheveux roux, à peine visibles. Elle doit avoir cinq ou six ans tout au plus, et elle nous observe avec de grands yeux. Elle n'a pas l'air effrayée, cependant, juste surprise.

— Je ne m'attendais pas à *ça*, marmonne Beth derrière moi.

— Ryker, que se passe-t-il ? demandé-je tout bas pour ne pas faire peur à la gamine.

Elle ne dégage pas l'odeur de la peur ; malgré tout, tant que je ne saurai pas ce qu'il se passe ici, je ne veux pas qu'elle flippe tout à coup et prenne la fuite. Si Ryker nous a conduites ici, c'est pour une bonne raison.

Il pose la patte sur son nez et se le tapote.

— Tu veux que… je la renifle ?

Il opine.

Je m'approche de la fillette et souris, espérant avoir l'air amicale et non menaçante. Je ne suis pas certaine d'avoir l'air gentille ; cela dit, peut-être qu'avoir travaillé avec des enfants dans l'affaire Kindler m'a rendue plus abordable. Je ne cherche pas non plus à être sociable. Parfois, cependant, avoir l'air d'une personne charmante peut être pratique.

Elle ne bouge pas, ne tressaille pas. Elle me regarde simplement. Je me concentre sur mes sens félins. C'est plus difficile que d'habitude, sans doute à cause de ma transformation compliquée de la veille.

Son odeur me surprend. Non, mauvais choix de mot. Elle me choque. Je renifle à nouveau, et encore une fois, humant son odeur jusqu'à ce qu'elle m'envahisse les sens et que je ne puisse plus me concentrer que sur elle.

Ryker miaule, réalisant que j'ai saisi ce qu'il voulait me dire.

— Qu'est-ce qui ne va pas ? demande Beth alors que je m'éloigne lentement de la fillette.

Faisant comme si elle n'avait rien dit, je fixe l'enfant.

— Qui es-tu ?

Elle ne me répond pas.

— Comment t'appelles-tu ?

Toujours aucune réponse.

— Kat, qu'est-ce qui se passe ? insiste Beth sur un ton autoritaire.

Je serre les poings, pas certaine de savoir quoi faire dans cette situation.

— C'est une métamorphe, marmonné-je après quelques instants de silence. Et je crois que c'est la fille de ma mère.

CHAPITRE 10

J'ai besoin d'air. Je garde contenance le temps de sortir du cabanon, puis du jardin. Une fois dans la rue, hors de vue, je ne sais pas trop comment réagir. Que faire quand on découvre qu'on a peut-être une sœur ? Crier ? Courir ? Pleurer ? Partir d'un rire hystérique ? Je suis assez proche de cette dernière réaction, cependant, maintenant que je me suis éloignée des autres, je n'ai plus le sentiment que je vais exploser. J'aimerais avoir la capacité de voyager dans le temps. Revenir à quelques semaines en arrière, avant M. Kindler, avant que tout vole en éclats. Pourquoi les choses ne sont-elles pas restées simples ? J'avais une vie si belle. Tout ce qu'il me reste, c'est le chaos.

Une nouvelle odeur me parvient aux narines, appartenant à quelqu'un que je n'ai pas franchement besoin de voir maintenant.

— Dégage, dis-je à Lennox avant même qu'il ne me rejoigne.

Il ne m'écoute pas. Il se place à mes côtés, pas au point de me toucher, mais assez près pour que ce soit possible si nous tendons le bras.

— C'est moi qui l'ai trouvée, déclare-t-il tranquillement. Je croyais être en train de pister l'autre odeur. Celle de ta mère.

— Ça, ce n'est pas encore prouvé, le coupé-je avec brutalité. Ça peut être une personne qui me ressemble. Un lointain parent, par exemple.

— Tu n'y crois pas toi-même.

Je grimace.

— Non, c'est vrai. Mais c'est une jolie illusion, et j'aimerais bien pouvoir m'y accrocher.

Lennox soupire.

— Je comprends, crois-moi. Si l'un de mes parents surgissait tout à coup, je ne saurais pas quoi faire. Je le tuerais, très certainement. Découvrir en plus que tu as une sœur, c'est accablant.

— C'est un euphémisme. Je n'ai jamais eu de frère ou de sœur. Je pensais ma mère morte, donc que c'était impossible. Sauf que là, elle n'est pas morte, j'ai une sœur, et je ne sais plus bien quoi croire.

Je le regarde, agacée par sa compassion. Il n'est pas censé avoir pitié de moi. Je suis la seule à en avoir le droit. L'auto-apitoiement, c'est un don.

— Que ferais-tu à ma place ?

— Je n'en ai pas la moindre idée. Je me barrerais sans doute en courant et me planquerais sous le pont en attendant que ça passe.

Ma colère s'évapore. Nous sommes semblables, tous les deux. À l'époque où nous étions dans la Meute, je le considérais comme un frère. Maintenant, il a changé les rôles, devenant plus qu'un frère, et pourtant, cette relation platonique que nous avions me manque déjà. Je ne pourrai plus jamais le regarder comme le garçon d'autrefois. J'ai exploré son corps de la tête aux pieds, je l'ai senti en moi, et ça a totalement bouleversé notre relation au point que j'ai du mal à en donner une définition précise. Je ne suis pas certaine qu'il puisse le faire non plus. Nous avançons dans le noir, maladroitement, pas assez expérimentés en matière de relations pour savoir quoi faire. Pour l'instant, éviter Lennox me paraît être la meilleure chose à faire.

— Au début, je n'étais pas sûr de moi, mais Ryker semble penser la même chose, reprit-il calmement, revenant au sujet que je ne voulais pas aborder. Son odeur est très semblable à la tienne, et maintenant que nous avons découvert que ta mère est toujours en vie et que nous avons senti son odeur, il y a peu de doute sur l'identité de la fillette. Et même si nous n'avions pas l'odeur de ta mère pour comparer, elle te ressemble au même âge. Les mêmes cheveux, les mêmes yeux. Tu étais tout aussi maigrichonne.

Il me détaille des yeux, et son regard s'échauffe. Pense-t-il à mon allure sans la combinaison en cuir ? Se souvient-il de ses caresses ? Je m'autorise un instant à me remémorer la scène. Cela vaut mieux que d'affronter le fait que j'ai une demi-sœur dormant dans un abri de jardin là derrière. Comment a-t-elle atterri là, du reste ? Est-ce qu'elle habite ici ? Ma mère l'a-t-elle abandonnée à son tour ?

— Pourquoi n'ai-je rien remarqué ? marmonné-je. Si elle vit en ville, j'ai forcément dû croiser son odeur. Je suis venue très souvent dans ce quartier. Je connais chaque rue, chaque toit de la ville. Comment ai-je pu la manquer ?

— Tu n'as pas non plus reconnu l'odeur à la chocolaterie, réplique-t-il sur un ton rassurant. Elle est semblable à la tienne, alors tu l'as sans doute cataloguée comme une vieille trace à toi. Tu n'avais aucune raison de penser que ta mère était en vie, encore moins que tu avais une sœur dans le coin. Après tout, c'est complètement hallucinant. Est-ce que tu lui as parlé ?

Je secoue la tête.

— J'avais besoin de rester seule un instant, avoué-je, gênée ensuite par cet aveu de faiblesse.

J'ai toujours tout fait pour ne pas devenir la femme que je

suis en ce moment. Émotive, dépendante des autres, faible. Je développe même une conscience. Ce n'est pas bon du tout.

— Tu veux que je vienne avec toi ?

Il soutient mon regard ; le sien est empli d'émotions et de non-dits. Je ne pense pas pouvoir le supporter à l'heure actuelle.

— Non, j'ai besoin d'y aller seule. Mais reste par là, les chats pourraient encore avoir besoin de toi, puisque nous n'avons pas encore trouvé ma mère.

Je sais qu'il se dit que ma sœur nous conduira peut-être à notre génitrice. Et oui, je suis déjà en train de fomenter un plan pour me servir de la petite comme appât. Nous sommes peut-être liées par le sang, mais je ne la connais pas. Je ne lui dois rien. Je ne lui ferai aucun mal, puisque je ne touche jamais aux enfants, mais ce n'est pas parce que nous avons la même mère que je vais devenir une tendre sœur aimante.

J'inspire profondément et retourne vers le cabanon. Lennox reste en retrait ; cependant, je sens son regard qui me perfore le dos. Je suis presque soulagée de me retrouver hors de sa vue quand je tourne au coin de la maison.

Ryker m'attend devant l'abri de jardin, tendu. L'ignorant, je pénètre à l'intérieur, où Bethany est assise à côté de la fillette. Bien qu'elles ne parlent ni l'une ni l'autre, il ne semble pas y avoir la moindre animosité entre elles. En silence, j'étudie l'enfant. Lennox a raison, elle me ressemble beaucoup. Non seulement parce que nos cheveux sont de la même couleur de feu, mais aussi à sa manière de lever le nez et de se le tapoter ; à ses sourcils droits ; à la nuance de ses yeux. C'est moi en version miniature. Tout aussi maigrichonne que je l'étais à son âge. À l'époque de la Meute, c'étaient les plus vieux et les plus forts qui mangeaient en premier, ce qui signifiait qu'il restait rarement assez à manger pour nous, les enfants. C'est comme ça qu'ils nous ont appris à être coriaces, à nous battre pour survivre. J'observe son visage mince. Elle n'a pas de muscles, ne se tient pas avec raideur ; ce n'est pas une combattante, juste une enfant qui n'a pas assez à manger.

Elle croise mon regard, sans dire un mot. Je commence à me demander si elle n'est pas muette. Une enfant normale poserait des questions, voudrait savoir pourquoi des inconnus débarquent ici et la dévisagent étrangement, non ? C'est très bizarre.

— Comment tu t'appelles ? lui demandé-je, à peine capable d'enlever le mordant de mon ton.

Je ne veux pas lui faire peur, mais je ne suis pas du tout à l'aise dans cette situation. J'espérerais presque qu'elle prenne la fuite, histoire que je n'aie pas à la gérer.

Elle ne répond pas. Je m'en doutais.

Soupirant, je m'accroupis pour me retrouver au même niveau qu'elle.

— Je m'appelle Kat. Et toi ?

Elle ne cille même pas.

— Kat, il faut que tu voies ça, déclare Beth tout bas.

Elle pose la main sur l'épaule de la fillette et soulève doucement son écharpe.

— Putain.

Je fixe l'anneau métallique fixé autour du cou de ma sœur. Un collier. Plus fin que celui que je portais, plus facile à cacher sous des vêtements, mais un collier tout de même.

J'ai envie de tuer quelqu'un.

— Lennox ! crié-je.

Il s'encadre en un instant dans l'entrée du cabanon. Il observe la scène et son visage s'assombrit.

— As-tu la clé pour l'ouvrir ? lui demandé-je en évitant son regard. Est-ce que tu sais comment faire ?

Il secoue la tête.

— Non, je suis désolé. Je sais qui peut en avoir une, cela dit. Je vais voir si je peux le trouver.

Je lui décoche un petit sourire tendu et reconnaissant, et il s'en va. Espérons qu'il trouvera une clé. Sinon je pourrai peut-être me rendre chez la fille de l'Homme Mystère pour voir si elle a toujours les affaires de son père. Il m'a ouvert mon collier, après tout, donc il doit avoir une clé en sa possession.

La fillette ne réagit pas à nos regards sur elle ou au fait que Beth lui tient toujours l'écharpe. Elle semble à peine consciente de son environnement. Je ne crois pas que ce soit dû au collier, bien qu'il soit différent de celui que je portais. Le mien était en cuivre, alors que celui-ci est d'un argenté brillant. Quand j'étais encore dans la Meute, des rumeurs affirmaient qu'ils avaient développé un nouveau collier, qui leur donnerait le contrôle total sur nous, et pas seulement sur nos capacités. Je n'y ai jamais cru à l'époque. Après tout, s'ils avaient réussi à inventer un tel objet, ils s'en serviraient déjà.

Désormais, je révise ma position. J'aurais dû croire en leur faculté à imaginer des choses encore plus diaboliques pour nous réduire en esclavage. Nous pouvions toujours réfléchir par nous-mêmes ; nous étions domestiqués, mais pas entièrement sous leur contrôle. Si cette fillette est le résultat de leur nouvelle invention… Il va falloir que j'agisse. C'est malveillant sur tellement de plans. Lennox essaie de me convaincre de m'en prendre à la Meute, Lily aussi ; cependant, j'ai refusé de les écouter. Je me suis tenue à l'écart d'eux si longtemps qu'aller les affronter va à l'encontre de tout ce pour quoi j'ai œuvré : je voulais rester dans l'ombre sans attirer l'attention, me concentrer sur mes affaires et sur ma vie, faire ce que je désirais pour la première fois de mon existence. Cela fait six mois que j'ai commencé. J'aurais dû me douter que ça ne durerait pas éternellement.

La Meute finit toujours par nous rattraper, et pas forcément comme on s'y attend.

Je tends la main vers le collier. Il est froid au toucher, contrairement à celui que je portais autrefois. Il ne doit pas être confortable, et pourtant la fille ne réagit pas. Je serre les dents et lui pince l'épaule. Elle ne pousse pas le moindre cri. Elle se contente de me lancer un regard vide. Ses yeux sont peut-être de la même couleur que les miens, mais ils sont inanimés. Elle est coincée à l'intérieur d'elle-même, son esprit retenu en otage par le collier.

Je tente une nouvelle approche.

— Debout.

Elle obéit immédiatement. Elle tangue un peu sur ses maigres jambes, pourtant, je suis sûre qu'elle ne s'en rend même pas compte.

— Bande de connards, souffle Bethany. Qu'est-ce qu'ils lui ont fait ?

— Dis-moi ton nom, exigé-je d'un ton ferme en la fixant du regard.

La fois précédente, c'était une question. Là, c'est un ordre.

Toutefois, elle ne répond pas. Soit elle ne peut pas, soit elle a oublié comment parler.

— Est-ce que tu vis ici ? Hoche la tête si c'est oui.

Elle la secoue.

— Alors pourquoi…

Je grogne en réalisant que ça n'ira pas loin. N'utiliser que des réponses en oui ou non va prendre des heures. Je n'ai pas du tout envie de rester ici, surtout alors que nous ignorons pourquoi la fille s'y est rendue en premier lieu. Est-ce que des membres de la Meute vont bientôt venir la chercher ? Même si j'aurais bien aimé attraper quelques sbires de la Meute et les tuer lentement et douloureusement, je sais que ce serait mal jouer. Nous devons être préparés pour les attaquer. En plus, si quelqu'un doit venir ici pour récupérer la fillette, il ou elle aura aussi un collier. Les dirigeants, ceux qui n'ont pas de colliers, quittent rarement leur tanière. Ils laissent les autres faire le sale boulot et profitent juste des fruits de leur labeur.

— Viens avec moi, ordonné-je sans gentillesse, avant de quitter le cabanon.

Elle me suit en chancelant, et je me rends alors compte qu'elle est pieds nus. Ses vêtements sont déchirés, mais plutôt de bonne qualité. Ses pieds, cependant, sont sales et couverts d'égratignures. Pauvre petite.

Je la porterais si je le pouvais, mais je suis toujours accablée par ma propre fatigue. Mon corps est encore en rémission.

Heureusement, Gryphon nous attend à l'extérieur.

— Peux-tu la porter ? Elle me paraît trop frêle pour faire le trajet jusqu'à la maison.

Il opine et la soulève gentiment dans ses bras, la berçant contre son torse. Elle ne s'appuie pas contre lui, ne cède pas au réconfort qu'il essaie de lui apporter. Elle reste raide. Comme si elle ne sentait rien.

Je suis une nouvelle fois saisie du besoin de tuer quelqu'un. De frapper quelque chose. De faire du mal.

Même si elle n'avait pas été ma sœur, j'aurais voulu me venger de ceux qui lui ont fait ça. Mais puisque c'est ma sœur… Je vais les traquer un à un.

CHAPITRE 11

*L*e retour à la maison nous prend trop longtemps à mon goût. Surtout à cause de ma lenteur. Gryphon pourrait sans doute courir tout le trajet, même en portant la fillette, tandis que plus ça va, plus je me sens à deux doigts de tomber dans les pommes. Je suis peut-être en train de tomber malade. Si ma transformation s'est aussi mal passée, ce n'est peut-être pas seulement parce que je l'avais beaucoup fait en peu de temps. Il existe peut-être un microbe affectant les métamorphes félins. Comment pourrais-je le savoir ? Ma mère n'est pas restée assez longtemps pour m'enseigner ce qu'elle sait.

Oui, je suis amère. Surtout quand je regarde ma petite sœur, à moitié endormie dans les bras de Gryphon. Je l'envie presque. Elle ne donne toujours pas l'impression d'avoir conscience de son environnement – cependant, somnolente comme ça, elle a l'air bien plus humaine. J'espère que le collier lui permettra de se reposer.

Quand nous arrivons enfin à la maison, je tiens à peine debout. Je ne le montre à personne, bien sûr, mais maintenir cette façade de dure à cuir use toute mon énergie.

— Emmène-la au salon, dis-je à Gryphon.

Je le laisse passer devant, suivi par Ryker et deux autres chats plus petits. Bethany reste à mes côtés, silencieuse, perdue dans ses pensées.

Appuyée contre le chambranle, je regarde Gryphon allonger délicatement ma sœur sur l'un des canapés, en lui tenant la tête. Il est tellement doux avec elle. Je suis surprise par cette facette de lui. Cela le rend encore plus intriguant. Il est un mystère que je dois encore résoudre. Bon sang, je ne sais même pas encore ce qu'il est. En temps normal, je ne laisserais pas s'approcher quelqu'un dont j'ignore tout, mais il a prouvé qu'il était digne de confiance. Autant que peut l'être un assassin, tout du moins. Benjamin descend les marches en courant, trébuche et atterrit à quatre pattes à mes pieds. Je soupire. N'est-il pas censé être le roi du cambriolage ? L'artiste capable de pénétrer dans n'importe quel bâtiment sans se faire remarquer, même le commissariat très bien gardé ? Ouais, c'est ça.

Il me sourit en se relevant vivement.

— Tu as l'air fatiguée, déclare-t-il.

Oh, comme j'ai envie de lui en mettre une. Toutefois, les bons employeurs ne doivent pas frapper le personnel. Je ne m'attends pas à remporter un jour le prix de Patronne de l'Année, mais je n'ai pas non plus envie qu'ils s'en aillent. Ils sont trop précieux. Même Benjamin.

— Au moins, tu n'es plus couverte de sang. Comment vas-tu ?

Je suis décontenancée. En général, les gens ne me le demandent pas. Mon regard noir les fait taire avant même qu'il ne leur prenne l'envie de me poser une question aussi terre-à-terre et inutile.

Plutôt que de répondre, j'indique la fillette d'un signe de tête.

— Je te présente ma sœur.

Il écarquille les yeux.

— Tu es sérieuse ?

Je grimace.

— On ne peut plus sérieuse. C'est ma demi-sœur. On a la même mère. Tu peux aller lui chercher à manger ? En fait, pour nous tous. Beaucoup, beaucoup de nourriture.

Même s'il donne l'impression qu'il aurait préféré aller enquêter du côté du canapé, il décide heureusement de m'obéir. Je m'avance lentement vers un fauteuil, en faisant comme si je progressais à cette lenteur pour une bonne raison et non parce que je suis à deux doigts de m'écrouler. Malgré tout, quand j'atterris sur le coussin rembourré, je ne peux ravaler mon soupir de soulagement.

Gryphon est en train d'examiner la petite fille, vérifiant ses constantes vitales avec expertise. Il soulève légèrement son tee-shirt, dévoilant des côtes un peu trop protubérantes. Ma sœur n'est pas seulement maigre, elle est sous-nourrie. C'était caché par ses vêtements. À présent, je commence à m'inquiéter pour elle. Et à être en colère contre la personne qui l'a négligée.

Elle dort, maintenant. La veinarde.

— Quand elle se réveillera, il faudra que nous la fassions manger, constate Gryphon.

Même moi je le savais, alors que je suis plus douée pour tuer que pour guérir.

Benjamin entre dans la pièce et me tend une grande tasse de thé. Le paradis. Je bois immédiatement, me brûlant les gencives au passage, mais je m'en fiche. Peut-être que le breuvage me donnera un peu de cette énergie qui me fait cruellement défaut. Lorsqu'il me donne ensuite une assiette de sandwiches au jambon, je tombe amoureuse de lui.

— Mon héros, marmonné-je, la bouche déjà pleine.

— Je croyais que c'était moi, rétorque Gryphon, assis sur le canapé où est allongée la fillette, en train de siroter du thé.

Il est tout de noir vêtu, comme toujours, pourtant, sa façon de tenir sa tasse lui confère des allures d'aristocrate et non de malfrat. Je me demande dans quel milieu il a grandi. Chez des snobs ? Est-il un rebelle fortuné, un homme faisant ce qu'il fait pour le plaisir et non par obligation ?

C'est un plaisir pour moi aussi, bien sûr, mais je n'ai jamais vraiment eu le choix non plus. J'ai été formée pour être une tueuse. Je n'ai pas étudié l'histoire, la politique ou la grammaire. On nous a appris à lire et à écrire, c'est tout. Nos leçons avaient pour objet l'anatomie — fonctionnement et souffrances du corps —, les poisons attaquant les organes et la chair, le crochetage de serrure plutôt que les maths, l'entrée par effraction plutôt que la physique.

— Comment nous as-tu trouvés ? Comment as-tu su que nous pourrions avoir besoin de ton aide ? demandé-je, préférant ces questions à toutes celles dont il me manquait les réponses.

Elles pouvaient attendre, pour l'instant.

Gryphon indique la petite chatte allongée à ses pieds. Elle ressemble à une boule de poils vomie par un autre chat. C'est plus une peluche qu'un chat. Son pelage est sans doute blanc sous cette poussière. J'ai beau adorer les chats, je ne peux pas qualifier celle-ci de jolie. D'unique, certainement. Je ne peux pas aller plus loin.

— Cette petite boule de poils est venue me chercher. J'imagine que c'est Ryker qui l'envoyait ?

L'intéressé confirme d'un signe de tête. Benjamin lui a donné de l'eau, et je suis sûre qu'il ne va pas tarder à revenir avec des friandises. Ce gamin est tombé amoureux des chats et n'a pas son pareil pour les gâter. Je parie qu'il connaît même la gourmandise préférée de chacun.

— Comme je n'avais rien d'autre à faire, j'ai suivi la minette. Mais j'ai besoin d'explications. Qui est-elle ? Pourquoi dis-tu que c'est ta sœur ? Enfin, la ressemblance est évidente, mais tu ne sembles pourtant pas la connaître ? Est-ce que c'est possible qu'elle soit de ta famille ?

Je gémis.

— Trop de questions. C'est la fille de ma mère, parce que

oui, ma mère est en vie, même si je la croyais morte. Je ne sais pas qui est son père. Son odeur est similaire à la mienne. C'est pour ça que les chats qui pistaient ma mère les ont confondues. Elle n'a pas encore dit un seul mot, alors je ne sais pas ce qui lui est arrivé ni d'où elle vient. En gros, on ne sait rien. Lennox essaie de trouver une clé pour ouvrir le collier, et peut-être qu'elle pourra nous parler à ce moment-là. En attendant…

Un vertige me saisit, et je ferme les yeux une seconde.

— Tu vas bien ?

Sa voix est étonnamment pleine d'inquiétude. Je me force à rouvrir les paupières pour le regarder.

— Oui. Je suis un peu fatiguée, c'est tout.

— Elle a perdu beaucoup de sang, intervient Bethany, me donnant des envies de meurtre à son encontre. Kat, tu devrais t'allonger et te reposer. Tu as l'air à deux doigts de t'effondrer.

Est-ce donc si évident ?

— Je vais bien. Nous n'avons toujours pas retrouvé Citrouille et les autres chatons. Cette histoire nous a fait perdre un temps précieux.

Ryker se lève et vient se frotter à mes jambes. Je plonge dans ses étonnants iris jaunes. Je n'ai jamais vu de sable, mais j'imagine que ce serait comme les yeux de Ryker, d'un jaune lumineux sous le soleil. Mystérieux. Magnifique.

Il miaule, indiquant à la fois qu'il est inquiet et qu'il veut me rassurer.

— Oui, je sais que tes chats sont toujours en quête de l'odeur de ma mère, mais je serai peut-être capable de la trouver plus vite si seulement je pouvais muter. C'est ma mère, je suis responsable d'elle.

Il miaule à nouveau, avec plus de force.

— Ne t'en fais pas, je ne suis pas assez bête pour me transformer tout de suite. Je n'ai pas trop aimé que tu m'étouffes.

Gryphon hausse un sourcil, intrigué. Je réalise l'étrangeté

de cette phrase hors contexte. Cela dit, je ne gaspille pas mon énergie à lui expliquer. Mes pensées sont en train de s'embrouiller. J'ai vraiment besoin d'un petit somme, or je ne peux pas me permettre de perdre plus de temps. Qui sait ce que vit le petit Citrouille à l'instant même. Je n'avais pas réalisé à quel point je m'étais attachée à lui, mais maintenant qu'il a disparu, je veux tout faire pour le ramener chez lui.

— Nous devrions aller…

L'obscurité m'engloutit avant que je ne puisse finir ma phrase.

Je ne sais pas combien de temps j'ai dormi. Pas assez, en tout cas. À mon réveil, je suis toujours fatiguée. Pas aussi épuisée qu'avant, mais pas autant alerte que j'aimerais l'être. Je n'ai pas été bougée du fauteuil, et quelqu'un m'a posé une couverture sur les genoux. Sérieux ? Ils me prennent pour une bonne femme ayant besoin d'une couverture ? Il va falloir que je leur apprenne que je ne suis pas faible, en aucune façon. Les choses m'échappent, et je ne peux pas me permettre de perdre ma réputation.

La petite fille dort – cependant, il y a des miettes sur son tee-shirt. Elle a dû manger pendant ma sieste. Bien.

Puisque tous les autres sont partis de la pièce, je m'autorise à bâiller et m'étirer un moment, avant de me lever du fauteuil. Je m'attends à moitié à avoir un nouveau vertige, mais à part une légère faiblesse dans les jambes, je me sens bien mieux.

J'écoute les bruits de la maison. Il y a quelqu'un au sous-sol, dans le labo, qui fouille dans les placards. Je me concentre sur son odeur. Bethany. Je ne perçois celle de Benjamin nulle part. Gryphon, quant à lui, est dans la cuisine. Qu'est-ce qu'il fait encore là ? Outre la sienne, je perçois une odeur de bouillon. Il est en train de faire de la soupe ? Il faut que je voie ça.

J'avance lentement vers la cuisine. Je suis peut-être capable de marcher plus vite, je préfère toutefois économiser mon énergie au maximum. J'ai le sentiment de vivre le calme avant la tempête. Je ferais mieux d'en profiter le temps que ça dure.

— Tu es réveillée, commente Gryphon sans se retourner.

— Sans blague. Qu'est-ce que tu prépares ?

— De la soupe. La petite a eu du mal à manger solide, alors je me suis dit que ça, ça passerait mieux.

Il continue à mélanger le bouillon sans me regarder. Je salive tant ça sent bon.

Je m'approche de lui pour prendre une cuillère dans un tiroir.

— Je vais goûter pour m'assurer qu'il n'y a pas de poison dedans, lui dis-je en plongeant ma cuillère dans la préparation.

Il pouffe.

— Bien sûr.

La soupe n'a pas juste une odeur délicieuse. Le goût est à l'avenant.

— Qu'est-ce que tu as mis dedans ? Des épices miracles ?

Gryphon rit.

— C'est ça. Des ingrédients secrets tels que des carottes, du persil et du panais. Tellement secrets qu'ils sont cachés à la vue de tous, sans être vraiment cachés, en fait, ajoute-t-il en indiquant les épluchures de carottes sur sa gauche.

Oui, c'est ça. On ne me la fait pas, à moi. Les carottes n'ont pas aussi bon goût. En tout cas, pas quand j'essaie de les préparer moi-même. Et le panais, c'est juste de la carotte d'une couleur blanc sale. Donc, clairement, ce n'est pas aussi bon que ce qu'il a mis dans cette soupe.

— Ça doit encore mijoter dix minutes, et ensuite, tu pourras en prendre un bol, me promet-il. Les autres m'ont raconté ce qui t'est arrivé. Boire de la soupe te fera du bien. Il ne faut pas prendre une telle perte de sang à la légère, même chez une métamorphe.

— Tu es médecin, maintenant ? me moqué-je.

— En quelque sorte.

— Attends, c'est vrai ?

— Je n'ai jamais passé les examens, mais j'ai étudié assez longtemps pour connaître les bases. Cela dit, même un aveugle verrait que tu n'as pas recouvré toutes tes forces. Tu as besoin de repos.

— Je n'ai pas le temps de le faire. En plus, tu ne ressembles pas à un médecin.

Il se tourne vers moi, les sourcils froncés.

— À cause des cicatrices ?

— Tes cicatrices, je m'en fous. Mais parce que tu portes des vêtements noirs qui cachent plus d'armes que je n'en porte moi-même, et ce n'est pas peu dire. Parce que tu te déplaces comme un prédateur prêt à bondir sur sa proie. Parce que tes yeux indiquent combien de personnes tu as tuées. Les docteurs sauvent des vies, ils ne les prennent pas.

Il sourit avec tristesse.

— Parfois, tu dois prendre une vie pour en sauver une autre. Ce n'est pas parce que je tue les méchants que je ne me soucie pas du bien-être des gentils.

— Le monde n'est pas tout noir ou tout blanc. Tu ne peux pas séparer les gens entre les gentils et les méchants.

— Ce n'est pas ce que tu fais quand tu tues ?

Je secoue la tête.

— Je ne fais aucune distinction. Tant que je suis payée, je fais le boulot. Je me fiche que la personne que j'élimine ait fait de grandes choses pour la société ou tué des dizaines de personnes. À la rigueur, je suis un peu plus violente dans ce dernier cas, mais je tue toujours pour de l'argent. C'est ce que je suis. Un assassin. Pas une justicière.

Il s'assombrit davantage.

— J'ai du mal à y croire.

— Libre à toi, répliqué-je en riant durement. Les gens

n'arrêtent pas de croire que je suis quelqu'un de bien, sous prétexte que je suis une femme, jeune, et que je ne ressemble pas aux méchants de leur imagination. Mais au fond de moi, je suis froide. Je suis une arme, Gryphon. Ce n'est pas parce que je fais parfois preuve d'un peu d'humanité que c'est réel.

— Si tu crois ça, alors tu te mens à toi-même. Je t'ai vue avec ces enfants. Je t'ai vue t'occuper des chats qui viennent dans cette maison. Et tout à l'heure, quand tu observais la fillette, il y avait une lueur magnifique dans tes yeux.

— Laquelle ?

— L'amour.

J'éclate d'un rire tout sauf amusé.

— Je n'éprouve pas d'amour. Pose la question à Lennox.

Cette phrase m'a échappé. Gryphon sourit sans réagir.

— Tu n'as jamais pensé à suivre une thérapie ?

— Tu te fiches de moi ? répliqué-je, sidérée. Celui qui t'a griffé le visage t'a aussi attaqué le cerveau ?

— Tu deviens agressive. C'est ta façon de faire ? Tu repousses les gens dès qu'ils s'approchent trop ?

— Ce qui n'est pas ton cas. Loin de là. Et ça ne le sera jamais.

Je sors en trombe de la cuisine. J'ai menti. Il s'est approché, si. Non pas de moi, mais de la vérité.

Et je l'en déteste pour ça.

CHAPITRE 12

— *P*rélève mon sang.

— Hein ?

Bethany lève la tête, perdue.

— Vérifie qu'il n'y a pas d'infection. Je devrais être revenue à mon état normal. Je suis une métamorphe, je guéris vite. Je pense que quelque chose ne va pas. J'ai peut-être choppé une espèce de virus.

— Tu sais que je n'ai pas la moindre idée des microbes qu'un chat peut attraper ?

Je soupire.

— Vérifie mon taux de globules blancs, d'accord ? Ça devrait au moins nous donner une indication sur la présence d'une infection ou non.

Elle opine et attrape son matériel. Elle est devenue notre laborantine alors que ce n'est pas le domaine dans lequel elle excelle. Lily passait pas mal de temps ici, autrefois, à concevoir des poisons. Mais elle s'est de plus en plus chargée de cas nécessitant ses compétences en séduction, alors Bethany a récupéré certaines tâches de Lily. Elle est douée, cela dit. Elle trouve ma veine immédiatement et me prélève deux fioles de sang.

— Si tu veux, je peux le comparer au sang trouvé dans les griffes du chat, propose Beth. On pense déjà tous que c'est ta mère, je sais, mais veux-tu que je le confirme ?

— Bonne idée.

— Très bien. Ça ne prendra pas longtemps. Dès que j'ai un résultat, je te fais signe. D'ici là, tu pourrais passer du temps avec le très sexy Gryphon.

Je ricane.

— Tu viens de le qualifier de sexy ?

Elle hausse les épaules et agite les sourcils.

— Tu l'as regardé ? Ces cicatrices le rendent encore plus canon, façon *bad boy*. Mais peut-être que vous êtes fidèles, Lennox et toi ?

— O.K., je m'en vais. Je refuse d'avoir une conversation de nanas.

Elle éclate de rire.

— Attends, tu as encore la canule dans le bras.

Oh. C'est vrai. Je la laisse me l'enlever, mais refuse le pansement qu'elle me tend. Je n'ai pas besoin d'un objet aussi humain. La piqûre se soignera toute seule en quelques secondes.

— Tu sais où me trouver, si tu veux une discussion entre nanas un jour, ajoute Beth en pouffant. J'aimerais bien en savoir plus sur ta vie amoureuse.

— Je n'ai pas de vie amoureuse, grogné-je. Pourquoi est-ce que tout le monde utilise ces mots aujourd'hui ?

— Tout le monde ? Gryphon t'a donc avoué son amour éternel pour toi ?

— Son… quoi ? Bon sang. Arrête.

Je sors en trombe de la pièce et claque la porte pour la forme. Pourquoi est-ce que tout le monde agit bizarrement aujourd'hui ? C'est la pleine lune ? Une perturbation hormonale généralisée ?

Puisque tous les adultes de cette maison sont étranges, je décide d'aller voir la petite fille.

Bien que réveillée, elle fixe le plafond sans bouger, sans réagir à mon arrivée. Même son cœur ne bat pas plus vite. C'est comme si tous ses sens avaient été éteints. Mode veille activé.

Je m'agenouille devant le canapé et observe ma sœur un moment. Plus je la regarde, plus nos similitudes deviennent évidentes. Je ne savais pas si je ressemblais à mon père ou à ma mère, puisque je ne me souviens d'aucun des deux, mais maintenant que je vois ma sœur, j'en déduis que c'est à ma mère que nous devons notre allure. Je me demande qui est le père de la fillette. Est-il toujours en vie ? Ma mère l'aime-t-elle ? L'a-t-elle épousé ? Si c'est le cas, ça fait de lui mon beau-père. Non, merci. Je n'ai pas besoin de famille. Hier matin, j'étais toute seule. Et maintenant, j'ai une sœur et une mère finalement en vie. La vie avance bien trop vite à mon goût.

— Assieds-toi, ordonné-je.

Ma sœur s'exécute immédiatement, le dos bien droit. Même si elle regarde dans ma direction, elle ne *me* regarde pas directement. Elle a les yeux vides.

— Est-ce que tu sais écrire ?

Avec un peu de chance, ce sera la solution pour qu'elle réponde sans pouvoir parler.

Elle secoue la tête. Envolée, mon idée.

— Très bien. Je vais te poser des questions en oui ou non, et je veux que tu y répondes honnêtement. Tu comprends ?

Elle opine.

Je regrette de devoir être aussi dure et autoritaire, mais cela semble être le seul moyen de la faire réagir.

— Es-tu un membre de la Meute ?

Elle acquiesce, et mon cœur s'alourdit. D'accord, le collier a rendu ce fait plutôt évident, mais comme il est différent du mien, je gardais le mince espoir qu'elle puisse être sous le contrôle de quelqu'un d'autre. Ma mère, par exemple. Une seule personne, c'est plus facile à gérer que la Meute tout entière.

— Est-ce qu'ils vont partir à ta recherche ?

Elle hausse les épaules. Au moins, ce n'est pas un « oui » franc, c'est déjà ça.

— T'ont-ils fait du mal ?

Elle hésite une fraction de seconde avant de hocher la tête. Un frisson glacial me remonte l'échine. Elle n'est même pas capable de pleurer. De demander de l'aide. Elle est contrainte d'accepter sa situation désespérée.

J'ai besoin de tuer, et très vite. Ma colère se répand dans mes veines, et je sais que si je ne la contrôle pas très vite, ma panthère va vouloir prendre les commandes. Ce qui finira par me tuer, sauf que je suis bien trop égoïste pour l'accepter.

— Sais-tu qui elle est ? intervient Bethany en entrant dans la pièce, lançant cette question sans me donner d'explication. Sais-tu qui est la femme devant toi ?

La fillette opine.

— C'est ce que je pensais. Kat, il faut qu'on parle. Tout de suite.

Je la dévisage, confuse, puis la suis jusque dans le couloir.

— Ben ! hurle Bethany. Viens en bas surveiller la petite un moment !

Se tournant vers moi, elle baisse la voix.

— Nous ne pouvons pas la laisser seule ici. Je ne sais pas ce qu'elle fait là, mais je doute que ce soit parce qu'elle souhaite une réunion de famille.

— C'est nous qui l'avons amenée ici, protesté-je. Elle n'a pas eu voix au chapitre.

— Ah bon ? Quand nous l'avons trouvée, a-t-elle essayé de fuir ? A-t-elle donné l'impression de ne pas vouloir nous suivre, nous, des inconnus à ses yeux ?

— Non, mais elle porte un collier. Elle n'a pas la capacité

d'exprimer sa propre opinion. Elle ne sait sans doute même pas où elle est.

— J'aimerais le croire, marmonne Bethany en entrant lentement dans la salle à manger.

Je la suis, sans comprendre ce qui la travaille. Elle nous verse deux tasses de thé, à peine tiède, mais je crois qu'elle en a besoin en cet instant pour rassembler ses idées et décider de la meilleure manière de m'annoncer la nouvelle.

Je sirote une gorgée de ma boisson et décide d'y renoncer. Je déteste le thé froid.

— Pendant que tu dormais, j'ai pris un échantillon de son sang, attaque Bethany d'une voix calme. Pas pour vérifier qu'elle était bien ta sœur, mais pour faire un bilan de santé, voir quels nutriments il lui manquait le plus, afin qu'on puisse l'aider à se remettre sur pied plus vite. Ensuite, quand tu es venue me demander de te prélever le tien, j'ai eu l'idée de les comparer, juste… pour le fun, j'imagine. Ou par intuition, je ne sais pas.

— Qu'as-tu découvert ? la coupé-je. Qu'y a-t-il de si spécial dans son sang ?

Bethany prend une grande inspiration.

— Il est semblable au tien.

— Évidemment, puisque nous avons la même mère.

— Non, tu ne comprends pas. Il est *exactement* comme le tien. Vos ADN sont identiques. Pas juste semblables, comme pour des sœurs. Identiques. Tu comprends ce que ça veut dire ? Ce n'est pas ta sœur, Kat. C'est ton clone.

Je bois ce thé froid, tout compte fait. Puis Bethany remet la bouilloire à chauffer. Je serais plutôt partante pour avaler une bouteille de whisky entière, mais je dois garder l'esprit clair.

À un moment donné, Beth s'éclipse et revient avec Gryphon. Je sens Benjamin au salon avec la fillette. Celle que je prenais pour ma sœur. Même si je ne l'ai rencontrée qu'hier, j'éprouve presque un sentiment de perte. Je n'ai plus de sœur. Ce n'était qu'une illusion. Elle est en réalité une création, une copie de moi conçue pour des raisons que j'ignore encore.

— Bethany, demandé-je sur une impulsion, as-tu comparé le sang de ma mère au mien ?

— Pas encore. L'échantillon de la petite était toujours dans la machine, c'est pour ça que j'ai commencé par elle. J'ai analysé l'ADN de ta mère, mais je ne l'ai pas encore comparé au tien.

— Fais-le tout de suite. Compare l'échantillon trouvé sur la scène de crime avec celui de la fille et le mien.

Gryphon inspire vivement.

— Tu penses que nous nous sommes trompés ?

J'opine, la mine sombre.

— Je pense que oui.

— De quoi est-ce que vous parlez ? demande Bethany en fronçant les sourcils. Je ne comprends pas.

— Elle se dit que sa mère n'a peut-être jamais été là, explique Gryphon.

Je le laisse faire avec joie. Mon esprit est trop chaotique pour l'instant pour former des phrases cohérentes.

— Nous avons présumé que c'était sa mère à cause de l'odeur de panthère très similaire à celle de Kat. Elle a cru se souvenir qu'il s'agissait bien de l'odeur de sa mère. Mais on s'est peut-être trompés. Et si c'était le clone qui avait tué les chats ?

— Je ne crois pas, non, s'écria Bethany. Tu l'as bien regardée ? Elle est maigrichonne, vulnérable et jeune. Elle ne serait pas capable de tuer deux chats adultes, et encore moins de kidnapper six chatons.

— C'est une métamorphe, commenté-je tout bas. Elle ressemble peut-être à une enfant, mais elle est bien plus forte que tu le crois. À son âge, la Meute m'apprenait à tuer. Si elle est avec eux depuis sa naissance, qui sait ce qu'ils lui ont déjà enseigné.

— Mais tu as dit que tu avais senti l'odeur de ta mère, insiste Bethany.

— Je *pensais* que c'était la sienne. Maintenant, je n'en suis plus sûre. La fillette n'a pas exactement la même odeur que moi, mais elle est très similaire. Ça fait longtemps que je n'ai pas vu ma mère. Mes souvenirs ont pu me trahir. C'était la conclusion la plus logique sur le moment, mais maintenant que nous savons qu'elle est mon… qu'elle n'est pas vraiment ma sœur, tout devient logique.

— Admettons que ce soit elle, intervient Gryphon en se frottant la barbe. Pourquoi kidnapper les chatons ? Quel est l'intérêt ? Pourquoi la Meute voudrait-elle mettre la main sur des bébés chats ?

Je hausse les épaules.

— Aucune idée, toute suggestion est bonne à prendre. La Meute est complexe. Qui sait ce qu'ils comptent faire ? J'étais leur seule métamorphe féline et je fascinais leurs chercheurs. Heureusement, j'étais l'une des meilleures dans mon boulot, donc ils n'ont pas pu m'examiner et me tester autant qu'ils l'auraient voulu.

— C'est peut-être pour ça qu'ils ont créé un clone. Pour avoir le temps et l'opportunité d'étudier une autre métamorphe féline. Ils t'ont vue à l'œuvre, ils savent de quoi tu es capable, mais ils n'ont pas réussi à t'apprivoiser. Sinon nous ne serions pas tous ici.

Je fais la grimace.

— Ils ont bien essayé de m'apprivoiser, si. Mais tu as raison, ils ne m'ont jamais contrôlée, contrairement aux autres. Je pense que ça convenait à certains, car je pouvais ainsi changer de stratégie en cours de route si quelque chose clochait sur une mission. Les autres se contentaient de suivre les ordres des dirigeants, incapables d'utiliser leurs propres cerveaux.

— Donc ils ont créé une miniature de toi, dit Gryphon, pensif. Ils la contrôlent complètement. Ce collier est peut-être fait sur mesure pour elle, d'après ce qu'ils ont observé chez toi. Mais s'ils aimaient que tu puisses réfléchir par toi-même, alors pourquoi la réprimer, elle ?

— C'est pour ça que j'ai demandé à Benjamin de la surveiller, indique Bethany. Je ne la crois pas aussi inoffensive qu'il n'y paraît. Elle a peut-être reçu l'ordre d'attendre et de n'agir qu'au bon moment. Ou elle a été envoyée pour nous infiltrer. La Meute sait tout de nous et de toi, Kat. S'en prendre aux chats du coin serait le meilleur moyen de t'attirer.

— S'ils voulaient m'affronter, me moqué-je, ils auraient pu m'envoyer un message. La moitié des criminels de la ville ont ma carte de visite, maintenant.

— C'est précisément ce qu'ils ne veulent pas, marmonne Gryphon. Ils ne veulent pas que tu saches que c'est eux. Ils espèrent sans doute que tu sauteras sur la conclusion la plus plausible : cette fille est ta sœur, ou ta cousine peut-être. Ils ne s'attendaient certainement pas à ce que nous comprenions tout de suite que c'est un clone.

— C'est *moi* qui l'ai découvert, intervient Bethany. Ne l'oublie pas. Et dis bien à Lily, quand elle reviendra, que je suis la reine du labo, maintenant. Elle aura le droit de m'assister de temps en temps, si elle demande gentiment.

Je pouffe, amusée.

— Dis-lui toi-même. Je refuse de faire tampon. Crêpez-vous le chignon sans moi.

— J'aimerais bien voir ça, commente Gryphon sans sourire. Et maintenant, qu'est-ce qu'on fait ? La fille a vu ta maison. Elle nous a vus, Lennox, Bethany, Benjamin et moi. Elle pourra dire à la Meute que tu ne travailles pas seule. Elle a peut-être l'air d'un zombie, mais je parie qu'elle enregistre chaque détail, prête à tout raconter à ses maîtres.

Je déglutis avec difficulté, essayant de faire coïncider le

tableau qu'il me dépeint avec celui de la petite fille portant mes gènes. Elle ne ressemble pas à une espionne, mais il a raison, c'est bien tout l'intérêt. Qui soupçonnerait une enfant, *a fortiori* une ayant l'air si mince et si inoffensive ? La Meute a dû réaliser pendant l'affaire Kindler que j'ai un petit faible pour les enfants. Même si ce sont les Crocs qui ont orchestré tout ça, la Meute était impliquée. J'en suis convaincue. Nous avons peut-être tué tous les contacts des Crocs en ville, à notre connaissance, mais je parie que certains rôdent dans l'ombre.

— Lennox essaie de trouver une clé pour ouvrir le collier. Si nous parvenons à le lui retirer, nous pourrons peut-être avoir une vraie conversation avec elle, ou du moins déterminer si elle suit juste les ordres ou bien s'ils lui ont totalement lavé le cerveau et qu'elle constitue une vraie menace pour nous. À l'heure actuelle, nous n'avons pas toutes les données. Pour l'instant, on la garde à l'œil et on lui interdit de quitter le salon. Je ne veux pas qu'elle voie le reste de la maison, si c'est bien une espionne.

Gryphon hoche la tête.

— Espérons que ton loup trouvera une clé. Existe-t-il un autre moyen de déverrouiller le collier ? Je connais un soudeur, il pourrait peut-être l'ouvrir.

— Non, ça la tuerait, répliqué-je, me souvenant de la douleur que j'ai ressentie chaque fois que j'ai essayé. Le collier est programmé pour torturer la personne qui le porte sauf s'il est ouvert avec la bonne clé. Crois-moi, nous avons tout essayé pour nous en débarrasser.

Bethany frémit.

— Est-ce que je t'ai déjà dit que j'étais bien contente de ne pas être métamorphe ? Je ne deviens peut-être pas aussi duveteuse et mignonne que toi, mais au moins, personne n'essaie de me réduire en esclavage.

— Duveteuse ? Mignonne ?

Je grogne pour la forme.

— Tu parles à un prédateur, pas à une nana.

— C'est justement ce qui m'inquiète, intervient Gryphon sans sourire. Cette fillette est un prédateur. Elle a peut-être l'air mignonne, tant que nous ignorerons ses intentions, nous devons la traiter comme notre ennemie.

Tout en moi se révolte à l'idée que cette enfant, mon clone, puisse être une menace, mais il a raison. Son raisonnement est sensé.

— Très bien. Je vais y retourner pour voir si je peux lui soutirer d'autres informations. Elle semble programmée pour obéir à n'importe quel ordre, alors j'espère que ses réponses sont sincères.

— Sauf si c'est ce qu'ils veulent te faire croire, réplique Gryphon.

Bethany lève les yeux au ciel.

— On ne t'a jamais dit que tu étais pessimiste ?

— Prudent, rectifie-t-il. Nuance. Si tu avais vécu les mêmes choses que moi, tu le serais aussi.

— Tu veux en parler ?

— Non, rétorque-t-il, le visage plus dur.

Pffff, ce mec. Il veut que nous lui fassions confiance, mais il ne nous raconte rien sur lui. Au moins, nous savons maintenant qu'il a quelques connaissances médicales. Ça pourrait être pratique.

— Les amis !

Nous échangeons un regard, puis nous précipitons au salon, d'où Benjamin a crié. Il est allongé au sol, la fillette sur sa poitrine appuyant un couteau contre sa gorge. D'où a-t-elle sorti ce couteau ? Je suis sûre que Gryphon l'aurait trouvé quand il l'a examinée. Elle a donc dû le trouver dans la pièce pendant que tout le monde avait le dos tourné. Merde.

— Lâche-le, ordonné-je.

Cependant, elle ne me regarde même pas. Pour ce qui est de suivre les ordres, on repassera. Ou les miens, tout du moins.

Lentement, très lentement, j'attrape les petites aiguilles empoisonnées attachées à l'intérieur de ma ceinture. Les mortelles sont sur la droite, mais j'en choisis une à gauche, qui va juste l'endormir. Je n'ai pas l'intention de tuer l'enfant. J'ai bien trop de questions à lui poser, et en outre, je commence à accepter mon faible pour les enfants.

— Pose ce couteau, dis-je de ma voix la plus ferme.

Dernière chance. La fillette ne réagit pas. La lame est appuyée durement contre la gorge de Benjamin. Il ne manque pas grand-chose pour franchir la peau. Je dois être prudente. Je ne veux pas perdre mon voleur. Or, impossible de se remettre d'une gorge tranchée. D'un coup de couteau n'importe où ailleurs, oui, peut-être, mais pas si son aorte est coupée de même que sa trachée. Mes aiguilles de somnifère mettent environ une seconde à faire effet. Ce serait suffisant pour lui laisser le temps d'agir, alors je dois d'abord la distraire.

Je fais appel à ma panthère sans tenir compte de la douleur. Je ne compte pas me métamorphoser, je ne suis pas suicidaire, mais je me connecte assez à elle pour pousser un miaulement bruyant. Pas menaçant, mais pas accueillant non plus.

La fille tourne brusquement la tête vers moi, surprise, m'offrant l'opportunité dont j'avais besoin pour lancer mon aiguille, qui l'atteint dans le cou, là où j'ai visé. Elle écarquille les yeux, et pendant un instant, je vois la petite fille qui se cache sous le collier, effrayée et en colère. Puis le poison fait effet, et elle s'effondre sur Benjamin.

— Merci, grogne-t-il en la repoussant. La prochaine fois que je suis censé surveiller une psychopathe, faites-moi signe. J'essayais de la convaincre de jouer avec moi, et tout à coup elle m'a sauté dessus avec ce couteau. La folle.

Il se frotte le cou. Il a une éraflure, rien de méchant.

Je ramasse le couteau et l'examine de près. C'est le mien, l'un des nombreux dissimulés dans toute la maison. Moi qui pensais l'avoir bien caché. La fillette a apparemment réussi à le trouver sans peine. Je m'agenouille près d'elle et la fouille. J'en trouve un autre dans sa manche, qui ne m'appartient pas cependant.

Je le montre aux autres.

— Il est à vous, celui-là ?

Gryphon écarquille les yeux et me l'arrache des mains.

— Elle a dû me le prendre pendant que je la portais jusqu'ici. Ce qui prouve qu'elle nous a bernés, j'imagine.

— Nous avons été de vrais pigeons, soupire Bethany. Qu'allons-nous faire maintenant ?

J'observe la petite fille, qui semble dormir paisiblement. Le poison la maintiendra endormie deux heures au moins, à moins que je ne lui donne l'antidote. Avec un peu de chance, Lennox sera de retour d'ici là. Sinon je devrai à nouveau droguer l'enfant. C'est moins risqué de la garder inconsciente.

— Maintenant, on trouve un plan.

CHAPITRE 13

Ryker revient, contrairement à Lennox. Je laisse encore une heure à celui-ci, et s'il n'est pas de retour d'ici là, j'essaierai de contacter la fille de mon mystérieux bienfaiteur. Je doute qu'elle soit au courant de l'existence de la clé, encore moins de son apparence. Toutefois, c'est notre seul autre moyen de retirer le collier à la fillette. À moins de pénétrer par effraction dans les locaux de la Meute et de leur voler l'une des leurs. Très improbable. Hors de question que je m'approche de la Meute tant que je ne saurai pas ce qu'ils trament. Je n'y connais rien en clonage – cela dit, je présume que la petite fille est un bébé né et qu'elle n'a pas été créée enfant, ce qui signifie qu'ils planifient ceci depuis des années, alors que j'étais encore au sein de la Meute. Ce qui rend cette situation encore plus effrayante. Il y a tant de variables que j'ignore.

Même si elle a reçu pour consigne de me faire sortir de ma tanière aujourd'hui, ce n'est pas pour ça qu'elle a été créée. A-t-elle enlevé les chatons simplement pour attirer mon attention ou pour une autre raison ? À quoi peuvent bien servir des petits chats ? Ils ne sont pas bons à manger. Ils ne sont pas comme les chiens non plus qui souffrent du syndrome de

Stockholm. Non, si on les maltraite, les chats n'oublient jamais. Ces chatons ne resteront pas de leur plein gré avec leurs ravisseurs. Ils chercheront toujours à rentrer chez eux. Surtout Citrouille, qui saura que son père est parti à sa recherche.

Mon cœur se serre quand je pense à lui. Bien qu'il ait du cran et du courage, il n'en demeure pas moins un enfant.

Ryker lance un regard interrogateur à la fillette attachée et se frotte contre sa cuisse.

— Elle n'est pas aussi innocente qu'elle en a l'air, dis-je en soupirant, avant de tout lui expliquer.

Quand j'en viens à la partie où nous soupçonnons l'enfant d'avoir tué Mila et Haru, il feule et s'éloigne d'elle d'un bond. Puis il me lance un regard empli de douleur.

— Je suis désolée, marmonné-je. Je sais que c'était plus facile de penser que c'était l'œuvre de ma mère, une adulte devenue folle, aveuglée par le chagrin ou je ne sais quoi. Alors que là, nous sommes coincés avec une gamine de cinq ans qui a peut-être tué des chats et kidnappé des chatons, et été envoyée ici pour m'espionner. C'est dur à digérer.

Il lance un miaulement interrogateur. Je crois comprendre sa question.

— Que tes chats continuent de suivre son odeur. Ça nous donnera peut-être une idée de là où elle s'est rendue et de ce qu'elle a fait. Avec un peu de chance, elle n'a pas apporté les chatons à la tanière de la Meute, mais les a cachés quelque part.

Il hoche la tête et commence à se précipiter hors de la pièce, sans doute pour parler à sa famille et leur donner des consignes.

— Attends, Ryker !

Il miaule, puis revient sur ses pas.

— Est-ce que l'un des tiens accompagne Lennox ?

Il opine et me lance un regard noir indiquant que je pose encore des questions stupides.

— Il faut lui dire de se dépêcher. Tes chats doivent lui faire comprendre que c'est urgent, peut-être en le griffant ou le mordant un peu.

Bethany se marre.

— Tu lui demandes de torturer ton copain ?

— Ce n'est pas mon copain, grogné-je. Et si tu le répètes encore une seule fois, je vais demander à tous les chats de cette ville de te persécuter.

Elle marmonne tout bas, trop pour que je puisse l'entendre. Bien que je ne sois pas sûre que ce soit un compliment, je l'ignore.

Ryker s'en va, et cette fois-ci, je le laisse partir. Il ne reste plus que la team *Miaou*. Benjamin, Bethany et moi. Lily me manque. Elle est en train de tout rater. Je doute que son festival de succubes soit aussi excitant que les événements d'ici. Il doit être moins mortel, en tout cas.

Je regarde la petite fille, dont la poitrine se soulève doucement à chaque souffle. Elle dort paisiblement et paraît même plus détendue que quand nous l'avons amenée ici. Sans doute un effet du poison. Une nouvelle fois, sa ressemblance avec moi me frappe. Je me demande comment elle s'appelle. Lui ont-ils donné le nom de Katriona II ? En a-t-elle même un, ou bien juste un numéro ?

Bien qu'elle ait menacé de tuer Benjamin, j'ai toujours de la peine pour elle. Je sais ce que l'on ressent à porter ce collier, même s'il ne m'a jamais contrôlée autant que tous les autres porteurs. Il étouffe nos émotions, rend toute pensée difficile. Lorsque quelqu'un nous dit de faire quelque chose, le collier nous donne le sentiment que nous n'avons pas d'autre choix que d'obéir.

Quand Benjamin revient, il est couvert de poils de chat.

— Les chatons vont bien, me dit-il avec un sourire timide.

J'espère que c'est sa façon de s'excuser de m'avoir crié dessus. Quand je lui ai dit qui était la fillette, il a été bouleversé de savoir que j'ai fait venir une voleuse de chatons dans notre repaire, une maison qui abrite actuellement sept bébés chats. D'accord, il a raison, mais c'est hors sujet. Nous ne pouvions pas laisser la fillette seule dans ce cabanon, et nous n'avons découvert que bien plus tard qu'elle était la tueuse des chats.

Un bruit à l'extérieur me met sur le qui-vive, cependant, je me détends en reconnaissant son odeur. Lennox. Enfin.

Je bondis du canapé pour le rejoindre.

— Tu as la clé ? crié-je avant même qu'il n'entre dans la maison.

Il franchit la porte et agite un petit objet d'un air triomphant. Le soulagement m'envahit. Enfin du positif. Il ne reste plus qu'à espérer que la clé fonctionne sur ce nouveau type de collier.

Une fois que j'ai tout expliqué à Lennox, il a l'air inquiet.

— Crois-tu qu'il y ait d'autres clones ?

— Je n'y avais pas pensé, avoué-je. C'est possible. Je n'en sais rien. Tant que nous ne saurons pas pourquoi ils l'ont créée, nous devons nous attendre à tout.

— Imagine une centaine de petites Kat, murmure-t-il. Je ne sais pas si ce serait amusant ou un cauchemar.

— Pour moi, un cauchemar. J'aime bien être toute seule.

— Je sais, réplique-t-il en évitant mon regard. Tu préfères ta solitude.

Je ne réponds pas. Un jour, nous devrons parler de ce qui s'est passé, mais pour l'instant, je suis très contente d'éviter le sujet. Nous avons bien plus important à faire.

— Quel est le mieux, à ton avis ? La réveiller d'abord ou le lui enlever dans son sommeil ? demande-t-il en me tendant la clé.

Elle ne ressemble en rien à ce que j'ai imaginé. Ce n'est pas une clé en soi, plutôt un galet lisse de la taille de ma paume et gravé de dessins étranges. Je ne sais pas de quelle matière il est fait, cependant, il ne ressemble à aucun minéral que je connaisse. Il est froid au toucher et plus lourd que je ne m'y attendais.

— Pendant qu'elle dort, décidé-je.

Je me souviens du bouleversement d'émotions quand on nous retire le collier. Lorsqu'ils devaient le faire pendant notre enfance, ils nous attachaient à une chaise pour être certains que nous ne bougerions pas. Quand l'Homme Mystère m'a enlevé le mien, je n'ai tenu bon que parce qu'il a su m'aider à me concentrer, sinon je serais devenue folle.

— Bonne idée. Je suis resté sous forme sauvage longtemps, marmonne Lennox, le visage triste. Et nous ne savons pas ce qui lui arrive sans collier.

— Exactement. Elle a peut-être été formée à devenir une machine à tuer sans cœur.

Je n'y crois pas, toutefois, pas après avoir vu son regard avant qu'elle ne sombre dans l'inconscience. Il y avait eu de la vie dans ses yeux. De l'espoir.

— Comment dois-je faire ? demandé-je en m'agenouillant près de la fillette.

Je me souviens à peine du moment où mon collier m'a été enlevé.

— Tiens la clé dans une main et ouvre le fermoir à l'arrière de l'autre, explique Lennox. Je crois que c'est tout ce qu'il faut faire. Que tout le monde se tienne prêt. On ne sait pas ce qui peut se passer à l'ouverture du collier.

Gryphon fait négligemment tourner un couteau dans sa main, l'air détendu ; toutefois, la tension qui émane de son corps prouve qu'il est prêt à bondir. Bethany et Benjamin se tiennent derrière lui. Ni l'un ni l'autre ne sont des experts en combat rapproché ; Beth préfère tuer avec du poison, et Benjamin ne pas tuer du tout. Cependant, plus nous sommes nombreux, mieux c'est, même s'il ne s'agit que de bloquer la porte pour l'empêcher de s'enfuir.

Ryker se tient si près de moi que sa fourrure m'effleure la jambe. S'il avait été humain, je l'aurais repoussé depuis longtemps – en tant que chat, en revanche, il a certains privilèges.

— Espérons que ça marchera, marmonné-je en tendant la main vers le collier.

Il est froid, bien plus que la pierre que je tiens dans l'autre main. La peau de la fille est rouge et irritée par les frottements du métal, mais je doute qu'elle le sente dans son étrange état de zombie.

Je cherche l'attache du collier. Quand je la trouve, je ressens une décharge électrique qui circule jusqu'à la main tenant la clé. Le fermoir est plus petit que l'était celui de mon collier, malgré tout, il reste facile à ouvrir d'une main.

Dans un petit bruit clair, le collier s'écarte du cou de la fillette. Je le lui retire complètement et attends sa réaction. Elle dort toujours et ses bras et ses jambes sont attachés ; ça ne veut pas dire pour autant qu'il ne se passera rien.

Je recule lentement, sans la quitter des yeux. Elle a encore les paupières closes, mais son cœur bat plus vite. Elle est en train de se réveiller.

— Tenez-vous prêts, dis-je doucement, même si je sais que les autres le sont.

La fille respire plus vite, trop vite. Tout à coup, elle ouvre les yeux, les pupilles sombres, presque noires. Elle halète et s'attrape la gorge à deux mains. Est-ce qu'elle s'étouffe ?

Soudain, elle se transforme. Je n'ai jamais vu quelqu'un le faire aussi vite. Une seconde, c'est une fille, la suivante, c'est une panthère noire. Bien plus petite que la mienne, mais toujours au moins deux fois plus imposante que Ryker. Il sort les griffes, prêt à se battre.

Les cordes gisent au sol, inutiles. Elle grogne et regarde

autour d'elle, cependant, elle n'attaque pas. Sa tension est évidente pourtant, et je pense qu'il ne faudrait pas grand-chose pour l'énerver. Elle est perdue, désorientée, mais pas agressive. Nous devons tout faire pour qu'il en reste ainsi.

Lentement, très lentement, je m'agenouille afin d'être moins menaçante. Je lève les bras, espérant qu'il lui reste, même sous forme animale, quelque compréhension de la gestuelle humaine.

— Nous ne te voulons aucun mal, affirmé-je calmement, mais avec détermination.

Si je ne souhaite pas qu'elle nous voie comme une menace, je n'ai pas non plus envie qu'elle nous considère comme des proies.

Sa tête s'agite dans tous les sens alors qu'elle nous examine tous. J'espère que Gryphon ne joue plus avec ses couteaux, mais je n'ose pas me retourner pour vérifier.

Elle semble peu sûre d'elle, incapable de déterminer si nous sommes ses ennemis ou non. J'aurais aimé pouvoir me métamorphoser. Cela aurait rendu les choses bien plus faciles. Elle est en mode félin, désormais ; je ne pense pas qu'elle parviendra à se changer à nouveau de sitôt pour nous parler dans notre langue.

Ryker miaule tout bas et s'avance avec lenteur, m'effleurant de sa queue. Saisie de l'étrange besoin de le protéger, je manque de tendre la main pour le retenir, cependant, je résiste à cet instinct. C'est un adulte, il sait ce qu'il fait.

Son intention est si claire dans ses miaulements que les autres doivent forcément le comprendre aussi. Il dit à la fillette que nous ne sommes pas une menace pour elle, que nous voulons l'aider. La garder en sécurité. Il lui promet notre protection, peut-être même notre amitié.

Elle penche la tête sur le côté. Comprend-elle ce qu'il dit ? J'ai toujours été capable de comprendre les chats sous forme de panthère, mais impossible de savoir si c'est son cas à elle aussi. Comme elle est un clone, c'est peut-être différent.

Enfin, après que Ryker a répété les mêmes choses à

plusieurs reprises, elle se détend un peu. Pas au point que je fasse de même, mais suffisamment pour que je me départisse d'un peu de tension.

À ma grande surprise, Ryker tend la patte à la fille. Elle la fixe. J'espère vraiment qu'elle ne pense pas qu'il propose de le mordre. Ou de lui manger la patte. Qui sait ce qu'on lui a enseigné.

Elle lève lentement sa propre patte, bien plus grosse que celle de Ryker, et la pousse doucement. Comme une poignée de main entre chats. Étrange. Je ne sais pas trop ce que Ryker cherche à faire, mais il semble que ça marche.

Elle regarde leurs pattes, de taille différente mais d'apparence similaire. La fourrure de Ryker n'est pas aussi noire et soyeuse que celle de la petite fille, mais elle n'en est pas loin. Je pense qu'il essaie de lui montrer qu'ils sont semblables. Si elle est mon seul clone, alors elle n'a jamais rencontré d'autre métamorphe félin.

Ryker miaule, et cette fois-ci, elle répond. Sa voix est douce, aiguë, mais magnifique. Différente de la mienne, il me semble. Cela dit, je ne sais pas à quoi ressemble la mienne en dehors de ma tête.

— Qu'est-ce qu'ils se disent ? souffle Gryphon, qui n'a pas réalisé que je n'en sais rien.

Je ne réponds pas.

Ryker et la petite fille continuent de miauler, jusqu'à ce que la petite panthère incline la tête. Ouah, je ne m'attendais pas à ce qu'elle montre du respect envers Ryker. Après tout, elle a été envoyée par la Meute. Nous ne sommes pas franchement amis.

Ryker recule jusqu'à trouver mes jambes, et il s'y frotte. Maintenant que je sais qu'il est un métamorphe et pas juste un mignon petit chat, ce geste a bien trop d'importance à mon goût. C'est ni plus ni moins un homme avec beaucoup de poils et de griffes. D'accord, pas un homme, mais un mâle. Les hommes ne se frottent pas aux femmes à moins de vouloir quelque chose. Ou bien de sortir avec.

Sans prévenir, la fillette se transforme à nouveau, redevenant humaine. Comment parvient-elle à le faire aussi vite ? La métamorphose est quasi instantanée, sans la douleur que je ressens. Peut-être que je le faisais aussi rapidement quand j'étais enfant, avant de rejoindre la Meute ? Je ne m'en souviens pas, et dès que j'ai été chez eux, je n'ai pas été autorisée à me transformer avant l'adolescence. À ce moment-là, ils ont immédiatement mis un collier à ma panthère. Vu comme elle regarde le monde avec surprise et émerveillement, je parie que c'est la première fois qu'elle se déplace sans collier.

Elle se tourne directement vers moi, mes propres yeux en miroir.

— Salut, Kat.

CHAPITRE 14

$\mathcal{E}$lle connaît mon nom. Cela ne devrait pas me surprendre ; cela dit, ça reste un peu flippant de voir une miniature de soi-même connaître son nom.

— Salut. Comment tu t'appelles ?

Elle fronce les sourcils.

— Tu peux m'appeler Kat.

— Non, c'est mon nom, protesté-je. Nous ne pouvons pas avoir le même.

Son froncement de sourcils s'accentue, montrant sa confusion sincère.

— Pourquoi pas ?

— Parce que…

Je ne veux pas l'énerver ou qu'elle en vienne à penser que nous ne sommes pas de son côté, alors je dois me montrer prudente. De la diplomatie, Kat. C'est une qualité. Du genre que je ne possède pas vraiment.

— Parce que ça va être perturbant pour mes amis, répliqué-je, trouvant une excuse en vitesse. Deux Kat dans la même pièce, c'est dur pour eux.

Gryphon se marre.

— Certains d'entre eux ne sont pas très malins, ajouté-je, et son hilarité s'arrête.

— Alors ils peuvent t'appeler Katriona, rétorque-t-elle, peu concernée. Je n'ai jamais aimé ce prénom.

Oh, elle est méchante. Tout comme moi. J'ai toujours préféré Kat aussi au prénom que mes parents m'ont donné.

— *Katriona*, intervient Beth sur un ton plein d'allégresse, je vais nous faire du thé. Kat, tu préfères du thé ou du chocolat chaud ?

La fillette en reste perplexe.

— Le chocolat fond quand il devient chaud, pourquoi j'en voudrais ? Il devient collant après.

Bethany pousse une exclamation de surprise exagérée.

— Tu n'as jamais goûté de chocolat chaud ? Il faut que je t'en prépare un, tu vas adorer.

Elle quitte la pièce. Elle est vraiment très amicale avec mon clone, comme si elle avait oublié que cette dernière a tué deux chats et kidnappé plusieurs chatons. Elle n'avait sans doute pas le choix, malgré tout, nous devons rester prudents. Je ne veux pas lui faire confiance, car je sais qu'elle peut nous duper.

— Asseyons-nous, suggéré-je en lui indiquant le canapé près d'elle. Tu as faim ?

Gryphon lui a fait boire du bouillon un peu plus tôt, mais les enfants de son âge ont souvent faim, et la transformation ne doit pas aider.

Comme elle hoche la tête, je me tourne vers l'assassin.

— Peux-tu lui apporter de la soupe ? Et il doit rester du pain dans le placard au-dessus du frigo.

Je m'assieds et attends que ma copy-Kat fasse de même. Elle s'installe sur le bord du canapé, raide et sur ses gardes. Il faudrait peut-être réduire le comité d'accueil.

— Benjamin, peux-tu vérifier comment se porte notre dernier projet ? lui demandé-je en agitant les sourcils pour lui transmettre un message silencieux sans alerter la fillette. Ryker a peut-être envie de venir voir aussi ? Et Lennox, tu voulais aller quelque part, il me semble ?

Obéissant à mes allusions, ils nous laissent seules. Je les sens non loin, cela dit. J'espérais que Benjamin montrerait ses chatons à Ryker, ce qui m'aurait assurée qu'il s'en occupait bien, cependant, ils restent tous les deux dans la pièce d'à côté, en compagnie de Lennox.

— Je sais que ça doit te paraître étrange, dis-je en souriant. Je me souviens de ce que j'ai ressenti la première fois sans mon collier.

Elle fronce les sourcils.

— Ce n'est pas ma première fois.

Des alarmes se déclenchent dans ma tête, mais je n'en tiens pas compte.

— Ah non ?

— Ils me demandent sans cesse de me transformer. Mamie Docteur me dit que c'est bon pour mon corps de me transformer le plus souvent possible.

— Mamie Docteur ?

— Tu ne la connais pas ?

Elle me regarde comme si j'étais stupide.

— Elle m'a dit qu'elle t'avait élevée, tout comme moi. Elle m'a tout raconté sur toi.

Là, c'est officiel, je suis perplexe. Je n'ai été élevée par personne. Plusieurs individus étaient responsables de nous au sein de la Meute, et certainement aucun que nous aurions osé appeler « mamie ». Nous avions des entraîneurs, des enseignants, des maîtres, mais aucun n'ayant montré le moindre intérêt pour moi. Il y a aussi eu des médecins et des chercheurs qui m'ont étudiée pour essayer de comprendre en quoi je suis différente des loups, mais je ne crois pas qu'il y avait une femme dans le lot.

— Que t'a-t-elle dit sur moi ? demandé-je avec précaution.

— Que tu es une rebelle, répond-elle tout de suite. Que tu

prévois de tous nous détruire, parce que tu es jalouse de notre famille. Tu leur en veux de t'avoir renvoyée, alors tu veux te venger.

Pour une enfant de son âge, elle utilise plein de jolis mots. Elle semble régurgiter les inepties que lui a racontées sa mamie Docteur.

— Elle m'a dit que tu devais être très seule et très triste, et que si je te ramène à la maison, je peux aider à te rendre heureuse à nouveau.

Je souris, essayant de transmettre le plus de bonheur possible. Même si c'est difficile de sourire avec tout ce qu'elle me raconte, tant c'est perturbant.

— Je suis déjà heureuse, affirmé-je. J'ai ma propre famille ici. Et je n'ai pas été renvoyée, j'ai quitté la Meute parce que je ne voulais plus rester avec elle.

Elle met quelques instants à répondre.

— L'autre chat, il est de ta famille ?

— Ryker ? Oui, je crois que oui.

— Comment ça se fait que tu ne sois pas sûre ?

Je soupire.

— Je l'ai rencontré il n'y a pas très longtemps, mais il prend une place de plus en plus grande dans ma vie, donc oui, il est de ma famille. De même que toutes les personnes que tu as vues ici.

Bethany revient avec un grand plateau, et je l'indique du doigt.

— Elle, c'est Bethany. Elle vit à mes côtés depuis plusieurs mois. Elle cuisine super bien. Tu verras ça quand tu auras goûté son chocolat chaud.

— Tu peux m'appeler Beth, précise l'intéressée en tendant une tasse à Mini-Kat.

Elle a ajouté sur le dessus une généreuse dose de chantilly, essayant d'engraisser un peu la petite.

Et sérieux, « Beth » ? Elle a mis quatre mois à me dire que je pouvais l'appeler par son surnom. Et maintenant, elle le propose au clone. Non, je ne suis pas jalouse. Je m'en fiche. Toujours est-il que ce n'est pas juste.

Kat tire la langue et lèche prudemment la crème. Ses yeux s'écarquillent légèrement quand elle la goûte.

— C'est bon ? demandé-je.

J'aurais aimé que Beth me prépare aussi un chocolat chaud, plutôt que le thé qu'elle me tend.

La fillette ne répond pas, mais se met à boire sa boisson avec gourmandise. S'il faut l'abreuver de grandes quantités de chocolat chaud pour la mettre de notre côté, qu'il en soit ainsi. Je n'ai rien contre la corruption. Au contraire, c'est une méthode géniale pour obtenir ce que je veux.

Gryphon se joint à nous et pose plusieurs bols de soupe sur la table du salon. Il pensait sans doute que tous les autres étaient encore là.

— Tu veux que je m'en aille ? souffle-t-il tandis que Kat est occupée avec son breuvage.

J'acquiesce, et il s'éclipse en vitesse, ne me laissant que son odeur dans le nez. Il faut vraiment que je découvre ce qu'il est, ça me rend folle. Il y a quelque chose de non humain dans son odeur, mais ce n'est pas assez fort pour que je puisse l'identifier. Comme avec Lily, même si j'ai toujours cru que c'était à cause de la tonne de parfum qu'elle se mettait. Maintenant que j'ai découvert sa nature de succube, c'est beaucoup plus logique. Les succubes sont bien plus proches des humains que les métamorphes, voilà pourquoi son odeur est similaire, avec juste un peu plus de piquant. Si elle ne m'avait pas dit qu'il n'existait aucun incube, j'aurais pu croire que Gryphon en est un. Il en a l'apparence, en tout cas, même avec ces cicatrices sur le visage. Cela expliquerait aussi ce que je ressens au fond de moi chaque fois qu'il s'approche de moi.

— Est-ce que je peux en avoir encore, s'il te plaît ? demande gentiment Kat en souriant à Beth.

Elles vont vite devenir de grandes amies, toutes les deux. À moins que ce ne soit de la comédie, jouée par mon clone pour nous tromper pour l'instant et se retourner contre nous au bon moment. Je ne sais pas quoi penser d'elle. C'est une enfant, elle a l'air innocente et mignonne, mais elle a été élevée par la Meute, ce qui signifie qu'elle ne doit plus posséder beaucoup d'innocence en elle. Même si le sourire qu'elle adresse à Beth laisse entendre le contraire.

— Je vais t'en préparer une autre tasse, promet mon amie, qui s'en va vers la cuisine.

Je suis de nouveau seule avec mon reflet. Mini-Kat. Clone-Kat. Fausse Kat. J'aurais préféré qu'elle ait un autre prénom. Ça aurait été moins flippant.

Je déglutis et souris.

— Veux-tu un peu de soupe ?

Elle secoue la tête.

— Je ne veux pas gâcher le goût du sucre avec le sel.

Je pouffe.

— C'est très malin de ta part. Tu pourras prendre de la soupe plus tard, si tu changes d'avis. Je l'ai goûtée tout à l'heure, elle est délicieuse.

À ce souvenir, j'en prends un bol pour en avaler une cuillerée, autant parce que j'ai faim que parce que je veux avoir l'air détendue. Je n'en reviens pas qu'elle ne soit faite que de carottes, de persil et de panais. Il doit y avoir un ingrédient caché, forcément.

— Ils m'ont dit que tu es méchante, lance tout à coup Kat. Mais tu n'as pas l'air méchante.

Je manque d'en recracher ma soupe.

— C'est parce que nous nous ressemblons. Es-tu méchante ?

Elle fronce les sourcils et y réfléchit.

— Je ne crois pas.

— Bien, donc moi non plus.

— Alors pourquoi ils m'ont dit ça ? demande-t-elle, sincèrement confuse.

Pauvre petite. Le fait qu'elle se pose la question me donne un peu d'espoir – cela dit, nous avons encore un long chemin à faire.

— Les membres de la Meute ne m'apprécient pas beaucoup, expliqué-je. Je ne suivais pas toujours les règles.

— Moi non plus, souffle-t-elle, en m'adressant un petit sourire. Mais c'est dur de ne pas faire ce qu'ils demandent.

J'opine.

— À cause du collier, c'est ça ?

— Avec le collier argenté, je ne suis pas moi, mais avec le jaune, je peux penser.

D'accord, elle me brise le cœur. Elle a deux colliers, c'est encore plus horrible. Elle connaît la différence, sait qu'ils lui retirent toute volonté quand elle porte l'argenté. Elle a beau être jeune, elle a déjà compris bien plus de choses qu'une enfant de son âge ne le devrait. Je me demande si c'est parce qu'elle est un clone ou si ça vient de la façon dont elle a été élevée.

— Est-ce que le collier argenté t'empêche de parler ? demandé-je gentiment.

Elle hoche la tête.

— C'est comme si je rêvais. Parfois, je vois des choses, mais je ne peux rien faire. Le collier me coince en moi.

— Ils t'obligent souvent à le porter ?

Elle opine encore.

— Ils disent que c'est parce que j'ai grandi. Le jaune est seulement pour les enfants.

Je me retiens de lui dire qu'elle en est toujours une. Je ne pense pas qu'elle me croirait. Elle semble plutôt fière de porter le collier argenté plutôt que celui en bronze – le *jaune* –, et ne pas se rendre compte qu'elle est la seule à en avoir un de la sorte. À moins que la Meute n'ait vraiment beaucoup changé ces sept derniers mois, mais j'en doute. Je remarque parfois des assassins de la Meute, et bien que leurs colliers soient cachés sous des écharpes ou des cols roulés, j'aperçois de temps à autre le reflet du bronze, presque doré quand il brille. J'aurais donc remarqué s'ils s'étaient mis à en porter des argentés.

— Kat, j'ai une question importante à te poser. Est-ce que tu te souviens être allée dans une grande usine hier ?

Elle a le visage tout plissé, à essayer de se souvenir. Elle fait vraiment de gros efforts.

— L'odeur… c'était comme celle de la tasse.

— C'est vrai. C'était une ancienne usine de chocolats, une chocolaterie. Elle sentait encore le cacao, un peu.

— Je me souviens de l'odeur, mais je ne sais pas ce qui s'est passé. Il me semble avoir vu un chat. Enfin, je crois ?

Je n'ai pas l'impression qu'elle ment. Elle devait porter le collier argenté à ce moment-là, donc ne rien contrôler. Je me détends un peu plus. Elle n'a pas volontairement assassiné les chats. Cela dit, cela prouve aussi qu'elle est capable de tuer quand elle porte le collier. Elle a été programmée pour accomplir tout acte de violence nécessaire, et elle ne peut pas s'arrêter. Heureusement, nous lui avons retiré le collier, et gare à celui qui voudrait essayer de le lui remettre. Même si elle est mon clone et non ma petite sœur, je ressens le besoin de la protéger.

— Est-ce que tu te souviens d'autre chose ensuite ? demandé-je. Comment tu es arrivée au cabanon dans lequel nous t'avons trouvée, par exemple ? Qu'est-il arrivé aux chats ?

— Le cabanon ?

Évidemment, elle ne se sait même pas où nous l'avons découverte.

Je me lève pour venir m'agenouiller devant elle, enfin sûre que je ne lui fais pas peur et qu'elle ne m'attaquera pas.

— Je crois que le collier t'a obligée à enlever des chatons, expliqué-je gentiment. Ne t'en fais pas, je sais que tu n'es pas responsable, je sais que c'est le collier. Mais ces chatons ont disparu et nous devons les retrouver. Te souviens-tu de quelque chose qui pourrait nous aider ? Après avoir senti l'odeur de chocolat ?

— Je ne crois pas, répond-elle, la tête basse.

Bethany choisit ce moment-là pour revenir, une autre tasse de chocolat chaud à la main. Je vais la lui prendre, sans tenir compte de ses protestations. Puis je fais passer la tasse sous le nez de Kat, afin de lui faire sentir l'odeur.

— Ferme les yeux. Souviens-toi de l'odeur. Ce délicieux chocolat, sucré. Tu t'en souviens ?

Elle ferme vraiment les paupières, ce qui me surprend. Elle a sans doute tellement l'habitude d'obéir aux ordres qu'elle le fait sans se poser de questions. Elle semble plus détendue ainsi.

— Il faisait sombre, souffle-t-elle, avant de prendre une grande inspiration.

Je rapproche la tasse autant que possible de son nez sans la brûler.

— Oui, il faisait sombre, l'encouragé-je. Tu as vu quelqu'un d'autre ? Entendu quelque chose ?

Pendant quelques instants, elle ne répond pas, et le seul bruit audible est celui de ses profondes respirations. J'apprécie l'effort. Je pense qu'elle veut me faire plaisir, nous rendre heureux. Je doute qu'elle ait déjà été traitée avec gentillesse, ou remerciée. Quand tout sera terminé, je m'assurerai qu'elle ait du chocolat tous les jours. Et qu'elle ne porte plus jamais de collier, bien sûr.

— Miaou.

Elle ne le dit pas comme une humaine, elle produit le son comme un chat le ferait. Tout à coup, Ryker déboule dans la pièce et court vers elle, l'air paniqué. Je sais pourquoi. J'ai reconnu le son de l'imitation. Citrouille. Elle a reproduit les mots de Citrouille. Étant humaine, je ne comprends pas exactement ce qu'il dit, mais sa peur est facile à percevoir. Il supplie quelqu'un de le relâcher, de le libérer. Au moment où il pousse ce miaulement, il a sans doute déjà vu Mila et Haru se faire assassiner. Il est effrayé et désespéré.

Ryker miaule en réponse, mais Kat ne répond pas. Elle garde les yeux fermés, visiblement perdue dans ses souvenirs. Ryker se tourne vers nous, se demandant ce qu'il se passe. Je pose un doigt sur mes lèvres, et il hoche la tête.

Comme Kat ne dit toujours rien, je balade à nouveau la tasse sous son nez.

— Tu as vu les chats, n'est-ce pas ?

Je ne veux pas la perturber, cela dit, je ne veux pas non plus qu'elle se perde dans ses souvenirs. Je sais combien on peut être confus une fois qu'on nous retire le collier. C'est comme retrouver une part de sa personnalité disparue depuis longtemps.

— Les petits chats, souffle-t-elle. Elle les a pris. Ils ne voulaient pas me quitter, mais elle avait besoin d'eux.

— Elle ? répété-je d'une voix trop brusque.

— Mamie Docteur.

Elle ouvre les paupières. Ses yeux sont écarquillés et reflètent sa terreur.

— Je me souviens.

CHAPITRE 15

Nous avons laissé Kat avec Ryker. Elle est fatiguée ; j'espère qu'elle arrivera à dormir un peu. Avec les autres, nous nous rendons dans mon bureau, bien trop petit pour autant de personnes.

Quand je me suis installée ici, j'ai découvert tout un tas de dossiers qui n'attendaient que moi. Ils concernent, pour la plupart, des personnalités importantes de la ville et contiennent, outre un résumé de leurs forces et de leurs faiblesses, des informations utiles. Je n'ai jamais su si l'Homme Mystère les avait créés lui-même ou reçus de quelqu'un d'autre, cependant, ils m'ont bien rendu service à plusieurs reprises. Nous nous sommes réparti le tas à présent, et cherchons une femme travaillant avec la Meute. Je n'ai jamais étudié tous les dossiers, mais je sais qu'il y a des documents relatifs aux membres de la Meute. J'ai tout fait pour les ignorer, car je n'avais pas envie de replonger dans le passé. Si l'on s'en prend à un membre de la Meute, il y a de grandes chances de devoir tous les combattre, et jusqu'à présent, j'ai toujours évité de m'y risquer.

Plus maintenant.

— Les femmes sont vraiment sous-représentées dans le milieu du crime, fait observer Beth après avoir feuilleté la moitié de sa pile.

— Pas chez *Miaou*, entreprise qui offre des opportunités d'emploi équitables, rétorqué-je. La même mort pour tous.

Cela dit, elle a raison. La plupart des dossiers que j'ai consultés concernent des hommes. Au moins, ça accélère nos recherches.

— Kat, tu te souviens de la métamorphe qui se transformait en biche ? demande tout à coup Lennox.

Je lève les yeux de mes papiers.

— La biche ?

— Oui. C'était peu de temps après ton arrivée dans la Meute, je crois. Elle avait deux ou trois ans de plus que moi. Je ne sais pas où ils l'ont trouvée, mais ils l'ont ramenée à la tanière et lui ont mis un collier. C'était la première fois que je voyais une métamorphe biche, et ce devait être leur cas aussi, vu comme ils étaient tous excités. Elle a passé une nuit dans notre dortoir, le temps qu'arrivent certains scientifiques spéciaux qu'ils attendaient. Elle ne disait pas un mot, elle était effrayée. Nous ne l'avons plus jamais revue, mais je me souviens du lendemain, quand ils sont venus la chercher. Parmi eux se trouvait une femme, que je n'avais encore jamais rencontrée. Elle était grande, bien plus que la plupart des hommes à ses côtés, et elle portait une blouse de labo blanche. Si je m'en souviens, c'est parce que c'était la plus grande femme de ma connaissance, et je me suis demandé quel animal elle pouvait être.

Il fait la grimace.

— C'était avant que je découvre que tout le monde n'avait pas un animal en lui.

— Tu le croyais vraiment ? intervient Bethany, intriguée.

Lennox hausse les épaules.

— J'ai grandi parmi les loups, puis au sein de la Meute. Je

n'ai rien connu d'autre. Ce n'est que lorsque la Meute m'a envoyé sur mes premières missions que j'ai été en contact avec la société humaine.

— Les gens qui vous surveillaient, dans la Meute, étaient aussi des métamorphes ? nous interroge Gryphon.

J'avais oublié qu'il n'en a jamais fait partie.

— Non, dis-je. Certains, oui, mais très peu. Je crois qu'il n'y a qu'une poignée de métamorphes parmi les élites de la Meute, et ils n'étaient pas comme nous. Ils ne vivaient pas là parce qu'ils avaient été arrachés à leurs familles. Ils ont rejoint la Meute adultes, de leur plein gré, parce qu'ils étaient en quête de pouvoir. Ils n'ont jamais eu à porter un collier, et ils nous traitaient comme des moins que rien. Ils étaient pires que certains humains.

— Je crois que certains dirigeants ne sont pas totalement humains, intervient Lennox, mais je n'ai jamais découvert ce qu'ils sont.

Un muscle tressaille en bas de l'une des grandes cicatrices de Gryphon, mais il parvient à masquer sa réaction très vite. Intéressant. Pense-t-il qu'ils puissent être de la même espèce que lui ?

— Est-ce que tu te souviens de l'âge de la femme à l'époque ? demandé-je à Lennox. Ça nous donnerait une idée de son âge actuel. Ce n'est pas parce que Kat l'appelle « mamie » qu'elle a soixante ou soixante-dix ans. C'est peut-être juste un titre, voire une plaisanterie.

— Non, elle était assez vieille, se rappelle Lennox, les yeux dans le vague. J'étais jeune à l'époque, donc tout le monde me paraissait plus vieux qu'en réalité, mais je dirais qu'elle avait au moins la cinquantaine ? Je me souviens qu'elle avait des cheveux gris, mais pas sur tout le crâne. Les autres étaient châtain… clair, je dirais. Châtain clair.

— Maintenant, ils doivent tous être gris, commente Beth.

Elle entortille une de ses propres mèches autour de son doigt.

— Ou blancs. Je crois que les brunes deviennent plus blanches que grises.

— Très bien, nous cherchons donc une femme très grande aux cheveux blancs, résumé-je. Qui pourrait être scientifique ou chercheuse. Je n'ai pas le souvenir d'avoir vu quelqu'un correspondant à cette description quand j'étais dans la Meute, alors je présume qu'elle n'est pas d'ici. Je vais demander à Ryker si l'un de ses chats l'aurait vue ou aurait entendu parler d'elle, mais je doute qu'elle sorte beaucoup en ville, surtout si elle est aussi reconnaissable et importante.

Lennox soupire.

— Je ne crois pas qu'il y ait un moyen de prendre d'assaut le siège de la Meute. La fillette se souvient d'avoir remis les chatons à cette femme, et les rues qu'elle a décrites ressemblent à celles près de la tanière. Il doit cependant y avoir un bâtiment que l'on ne connaît pas, un sous-sol, un truc du genre.

— Quand ils me faisaient venir pour des expériences, ils me bandaient toujours les yeux, dis-je, m'en souvenant seulement maintenant. Ils ne voulaient pas que je voie où ils m'emmenaient.

Je frémis à cette réminiscence. J'ai essayé de refouler tout ce qui s'est passé au sein de la Meute, mais étrangement, mes murs s'écroulent chaque jour un peu plus. Je crois que c'est à cause de toutes ces personnes qui m'entourent et qui essaient de franchir mes barrières. Lennox, surtout. Il est dangereux, et je l'ai laissé s'approcher bien trop. Je ne pourrai jamais réparer les dégâts qu'il a causés en moi.

— Nous ne sommes pas assez nombreux, déclare Bethany, formulant mes pensées. Nous ne pouvons pas pénétrer comme ça dans la tanière de la Meute et nous battre. C'est une mission suicide. Allons-nous vraiment le faire pour une portée de chatons ?

Je grogne, incapable de me retenir. Beth lève les deux mains en l'air pour s'excuser, et ma panthère se calme.

— Tu vois ce que je veux dire, non ? poursuit-elle. Nous n'avons aucune chance d'en ressortir vivants. Si nous avions plus d'informations, nous pourrions peut-être entrer en douce et récupérer les chatons je ne sais trop comment, mais nous ne savons même pas où ils sont, et encore moins pourquoi ils ont été enlevés. Nous irions à l'aveugle. Je ne pense pas que ce soit une bonne idée.

— Kat, il faut que je te parle.

Gryphon est si sérieux que je le suis hors de la pièce sans poser de questions. Il traverse le couloir jusqu'à une chambre d'amis – libre, puisque nous n'en avons pas à héberger. C'est assez loin pour que Lennox ne puisse pas nous entendre. Malin de sa part.

Il ferme la porte et s'assied sur le bord du lit recouvert de poussière.

— Il faut que je te dise quelque chose, déclare-t-il tranquillement sans me regarder dans les yeux.

Je soupire.

— S'il te plaît, dis-moi que c'est important.

— Ça l'est, crois-moi. Tu veux bien t'asseoir ?

Curieuse, je me mets à côté de lui. Son cœur bat plus fort et il commence à transpirer. Que compte-t-il me révéler ? Ça doit être du lourd, si ça le rend aussi nerveux. Je ne l'ai jamais vu dans cet état.

— Je connais certaines choses concernant la Meute qui pourraient nous aider, commence-t-il. Mais tu dois me promettre de ne jamais dire aux autres comment tu es au courant. À personne. Jamais.

À ce moment-là, il lève la tête et rive ses yeux aux miens. Son regard est intense – il me supplie – et contient également une menace, une promesse de vengeance si je ne tiens pas parole.

— Très bien, je te le promets, déclaré-je, sentant la solennité de l'instant.

— À notre première rencontre, tu m'as demandé ce que j'étais, marmonne-t-il, les yeux à nouveau baissés.

Il semble mal à l'aise.

— Oui, et tu as refusé de me répondre chaque fois que je te l'ai redemandé ensuite.

— Oui, et ce n'est pas pour rien. Avec le recul, je me dis que ça n'aurait pas dû être aussi important, mais je voulais que tu me fasses confiance, j'en avais besoin. C'est pour ça que je n'ai rien dit.

Je soupire avec impatience.

— Crache le morceau. Qu'est-ce que tu es ? Pourquoi est-ce que je me méfierais de toi si je l'apprenais ?

Il soupire à son tour.

— Tu promets ?

— Je le jure sur ma vie.

— Je suis… Je suis un siren.

D'ac-cord. Je ne m'attendais pas à ça.

— Un quoi ?

— Un siren. Par pitié, dis-moi que tu en as déjà entendu parler ?

Je secoue la tête.

— Les seules dont j'ai entendu parler, ce sont les sirènes, et tu ne ressembles pas vraiment à cette description. Tu n'as pas de queue, pas d'écaille, pas de coquille Saint-Jacques sur les seins. Donc non, tu n'as rien d'une femme-poisson.

Je parcours du regard son torse, où il devrait y avoir des seins s'il en possédait. À la place, je ne vois que des muscles puissants moulés par sa chemise.

Il rit tout bas, sans humour.

— Nous ne sommes pas des sirènes. On nous confond souvent avec, mais nous ne vivons pas dans l'eau, seulement pas loin, parfois.

— Qu'est-ce que tu sais faire ? demandé-je, confuse. Que font les sirens ?

— Nous contrôlons les gens, principalement. C'est à la fois un talent et une malédiction. Nous pouvons influencer l'esprit humain, l'encourager à prendre des voies qu'il n'aurait jamais envisagées sinon. Nous pouvons rendre une personne folle de nous ou la pousser au suicide. Si nous disons à quelqu'un de nous donner tout son argent, il le fera sans hésiter, et avec le sourire. Nous sommes des manipulateurs, Kat. Nous pouvons contrôler qui nous voulons, même des métamorphes.

Je bondis sur mes pieds et essaie d'empêcher ma panthère de faire surface, bien qu'elle lutte violemment. Elle sent la peur qui m'envahit.

Gryphon lève les mains en l'air, avec un sourire si empreint de tristesse que mes craintes s'apaisent instantanément.

— Pas toi ni aucun de vous. J'ai renoncé aux méthodes de ma famille. Ils se délectent du pouvoir qu'ils ont sur les autres, alors que moi, ça m'a toujours effrayé. J'y vois une grande responsabilité, là où ils considèrent qu'ils ont tous les droits de s'en servir.

— Les métamorphes…, marmonné-je. Les colliers ? C'est l'œuvre des sirens ?

Il confirme, l'air torturé.

— Nous ne pouvons pas influencer les métamorphes aussi facilement que les humains, alors nous avons dû trouver un moyen d'amplifier notre pouvoir. Non, pas « nous ». Eux. J'ai été l'un d'entre eux, oui, mais seulement jusqu'à ce que je sois en âge de comprendre ce qu'ils faisaient. Je suis parti dès que j'ai pu.

— Voilà pourquoi tu n'es pas devenu médecin, murmuré-je, me souvenant de cette information.

— Oui, tout à fait. Je n'ai pas seulement arrêté l'université avant mon diplôme, j'ai aussi quitté ma famille. Je suis venu dans cette ville en espérant échapper à leurs règles, mais dès mon arrivée, j'ai compris qu'un autre clan de sirens contrôlait la ville.

— La Meute, soufflé-je.

Il hoche la tête, la mine sombre.

— Lennox avait raison en disant que les dirigeants de la Meute ne sont pas humains. Ce sont des sirens, comme moi, et ils ont fait la même chose que ma famille dans la ville de mon enfance. On dirait que c'est le fléau des sirens. Prendre le contrôle, réduire humains et métamorphes en esclavage. Nous œuvrons dans l'ombre, nous tirons les ficelles, mais même si personne ne nous connaît, c'est bien nous qui sommes aux commandes.

Ma tête me fait mal. Il nous a dupés. Il nous a menti. Il *m'a* menti. Je m'apprêtais à lui faire confiance, et maintenant, je ne sais plus quoi penser.

— Tu vas me repousser, commente-t-il tristement. Et c'est ton droit. Mais d'abord, laisse-moi vous aider.

Je le fusille du regard.

— Le collier de Kat. Tu aurais pu l'ouvrir. Au lieu de ça, tu l'as laissée souffrir. Elle a failli tuer Benjamin à cause de ça ! Comment as-tu pu faire ça ?

Le couteau se retrouve dans ma main avant même que je ne prenne conscience de mon geste. La colère coule dans mes veines, une rage incandescente qui me donne envie de le transpercer d'innombrables coups de couteau.

— Non, tu m'as mal compris, proteste-t-il. Je ne sais pas comment fonctionnent exactement les colliers. Nous n'en avions pas là où j'ai grandi. Ils se servaient d'implants insérés près du cœur des métamorphes. Je sais ce que peuvent faire les colliers, je sais qu'ils contiennent nos pouvoirs, mais je ne sais pas précisément comment ils fonctionnent. J'aurais peut-être pu le découvrir au bout d'un moment, mais je ne voulais pas faire du mal à la petite fille en essayant. Attendre Lennox et la clé était la solution la plus sûre.

Je ne veux pas entendre sa logique.

Je croyais pouvoir lui faire confiance. J'ai failli le laisser s'approcher de moi. J'ai presque cru qu'il pourrait être mon ami. Voire davantage, dans mes rêves.

Je me suis trompée.

Alors je le poignarde.

CHAPITRE 16

Bon, d'accord. Alors *j'essaie* de le poignarder, mais il est plus rapide. Si j'avais vraiment voulu lui faire du mal, je l'aurais pu, or je le laisse dévier mon attaque. La lame érafle la peau de son avant-bras, le faisant saigner. Ce n'est qu'une égratignure cependant.

— Je l'ai mérité, marmonne-t-il.

J'opine.

— Oui. Et bien plus encore.

Il penche la tête, visiblement honteux. C'est un bon début. Le poignarder — ou essayer, disons — a calmé ma colère.

— Comment peux-tu nous aider ?

Il lève les yeux, surpris.

— Tu ne viens pas de me dire de dégager ?

Je hausse les épaules.

— Pour l'instant, tu peux nous être utile. Si les gens qui dirigent sont des sirens, t'avoir à nos côtés nous donne un avantage. Est-ce qu'ils savent que tu es en ville ?

— Oui, mais je ne pense pas qu'ils me voient comme une menace. Aucun ne m'a approché. Ils me croient peut-être en

149

vacances. Ils savent que si j'étais venu en mission officielle pour ma famille, je les aurais contactés.

— Dis-m'en plus sur les sirens. Comment peut-on les reconnaître ? Quelles sont vos faiblesses ? Peuvent-ils me contrôler sans collier ? Et Benjamin et Bethany ? Comme ils sont humains, seront-ils en sécurité là-bas avec nous ou bien peuvent-ils être retournés contre nous ?

— Nous ressemblons à des humains, mais nous sommes en général plus séduisants que la plupart d'entre eux. À moins d'avoir été attaqué par un ours.

Il indique les longues cicatrices de son visage.

— Nous ne guérissons pas aussi vite que les métamorphes, alors nous pouvons avoir des marques comme celles-là. Physiquement, nous sommes faibles, et la plupart des gens de mon espèce ne voient pas pourquoi ils devraient apprendre à se défendre alors qu'il leur suffit de dire à leurs ennemis de les laisser tranquilles. Je suis l'exception qui confirme la règle, mais c'est parce que j'ai toujours détesté ces pouvoirs. Alors rares sont ceux qui pourront dévier une lame comme je viens de le faire.

— C'était très bien joué.

Je peux bien lui reconnaître ça.

— Il est peu probable que les sirens de la Meute sachent se défendre correctement. Mais comme tu l'as si bien dit toi-même, les deux humains sont plus sensibles à ces pouvoirs. Je ne crois pas que ce soit une bonne idée de les prendre avec nous. Il existe des moyens d'entraîner le cerveau à résister à l'appel des sirens, mais nous n'avons pas le temps de les apprendre.

— Il y aura donc Lennox, Ryker, toi et moi.

— Le chat vient aussi ?

Je hausse les épaules.

— Il a toujours été d'une grande aide, et il possède tout un réseau de chats à travers la ville qui peuvent nous donner des informations. D'accord, je ne peux pas vraiment lui parler pour l'instant, mais quand même, mieux vaut l'avoir avec nous. Les chatons risquent d'être perdus et effrayés quand nous les retrouverons.

— Très bien, donc nous sommes quatre. Ce n'est pas très encourageant, sachant que nous allons non seulement essayer d'entrer par effraction, mais aussi de partir avec des chats.

— Nous devons le faire.

— Oui, j'ai saisi. Et crois-moi, je refuse que qui que ce soit se retrouve à souffrir entre les mains de mon peuple. Ils... Nous avons causé assez de dégâts comme ça.

Sa tristesse me fait perdre les derniers lambeaux de ma colère. Il a l'air victime de ses origines. Le fait qu'il ait choisi de quitter ses proches prouve que tout espoir n'est pas perdu. Oui, il m'a dupée, mais je le fais aussi souvent. Je fronce les sourcils. Depuis quand suis-je si tolérante ? Si gentille ? L'ancienne Kat l'aurait déjà tué. Au lieu de ça, j'envisage de le laisser rester avec nous une fois cette mission terminée.

— Tu m'as demandé s'ils pouvaient t'atteindre sans collier, reprend-il sur un ton hésitant. En temps normal, nous n'avons presque aucun pouvoir sur les métamorphes, mais comme tu as porté un collier presque toute ta vie, tu seras peut-être plus sensible à eux. La seule façon de le découvrir serait que tu me laisses essayer sur toi.

— Tu veux m'ensorceler ?

Il rit sans joie.

— On peut appeler ça comme ça, j'imagine. Ça ne te fera aucun mal, tu ne sauras même pas que tu n'agis pas de ta propre volonté.

— C'est flippant.

Il acquiesce.

— Mais est-ce que ce serait mieux de savoir que tu es forcée de faire quelque chose ? Au moins, de cette manière, tu es heureuse et tu ignores que tu es entourée d'ennemis.

— Oui, ce serait mieux, répliqué-je, moqueuse. Ça me

donnerait une raison de me battre plutôt que de suivre des ordres sans me rendre compte que je suis une esclave. Avec les colliers, au moins, c'était évident. Difficile de ne pas se rendre compte qu'on est l'objet d'un autre quand on porte un collier autour du cou.

Gryphon a l'air encore plus malheureux.

— Je suis désolé pour ce que mon peuple t'a fait. C'est mal, et je fais de mon mieux pour rattraper ça. Je n'ai jamais eu d'alliés dans ma ville, alors je n'ai rien pu faire pour changer ça. Ici, je ne suis pas seul. Nous pouvons y arriver, briser leur emprise sur les métamorphes et libérer ces derniers. Peut-être pas tout de suite, mais nous pouvons les attaquer, les affaiblir, jusqu'à ce que nous soyons prêts à ouvrir chaque collier et à convaincre chaque métamorphe de se rebeller contre ses maîtres.

— Tu sais que certains aiment porter un collier ? répliqué-je.

Il a l'air sincèrement surpris.

— Pourquoi ?

— Cela leur donne un but, le sentiment de faire partie d'un tout. Certains considèrent la Meute comme leur famille. Ils ne l'ont peut-être pas rejointe volontairement, mais ils s'y sont habitués et en sont même venus à aimer leur vie. C'est le syndrome de Stockholm, j'imagine.

Le miaulement d'un chat en bas me rappelle que nous devrions nous dépêcher. Nous ignorons ce que la Meute veut faire des chatons, qui pourraient donc être en danger. Ou déjà morts.

— Essaie, l'encouragé-je droit dans les yeux. Fais ton truc de siren.

— Très bien. Je vais te faire faire quelque chose que tu ne ferais jamais en temps normal, ainsi nous saurons si mes pouvoirs marchent vraiment sur toi.

— Ne m'oblige juste pas à tuer quelqu'un d'important, l'avertis-je, ce qui le fait rire.

— Tu adores tuer. Ça ne prouverait rien. Non, j'ai une meilleure idée… Ça fonctionne mieux si nous nous touchons, ajoute-t-il. Prends ma main.

Je secoue la tête.

— Non. Ça m'étonnerait que les sirens de la Meute aient l'occasion de me toucher. Je dois savoir s'ils peuvent y parvenir sans contact physique.

Même si… il me tend la main, et je la regarde. Je devrais peut-être accepter. Voir ce que je peux ressentir. Je glisse la main dans la sienne et entrelace nos doigts.

Sa peau est chaude, calleuse à cause de ses combats. Comme la mienne. Nous nous ressemblons. Nous sommes faits l'un pour l'autre. Lennox est mon contraire, c'est un canidé. C'était une erreur de croire que je pouvais être avec lui. Les chiens et les chats n'ont rien pour s'entendre. Mais Gryphon… c'est un assassin malin, doté d'un grand sens de l'humour et d'un charme irrésistible. Il est parfait.

Je m'approche de lui et pose la main sur son torse. Ses muscles y sont aussi durs que je l'avais imaginé. Ils doivent être ciselés, sous cette chemise. J'ai envie de le voir, alors je lui lâche la main pour défaire les boutons un à un. Il ne dit pas un mot, mais un sourire se forme sur ses lèvres. Il en a envie, lui aussi, c'est évident à la passion dans ses yeux, à ses lèvres qui s'entrouvrent, aux battements de son cœur. Détacher les boutons est trop long. J'arrache sa chemise pour exposer son torse. Il est splendide.

Je caresse ses pectoraux, admirant la force qui sous-tend la peau. C'est un tueur. Comme moi. Je m'approche un peu plus, presque assez pour le toucher. Il est si chaud, si attirant. Je veux m'appuyer sur lui et renoncer à tous mes soucis et mes inquiétudes. Être simplement une femme en compagnie d'un homme. Se perdant dans les bras de l'autre.

Mais ma conscience est trop forte. Nous ne pouvons pas

faire ça, du moins pas maintenant. Nous avons une mission à accomplir.

— Pas maintenant, soufflé-je d'une voix rauque et, rassemblant chaque bribe de volonté que je peux trouver, je recule d'un pas.

Je fixe ses yeux, et, bien que nous ne nous touchions plus, la passion y est encore plus brûlante et m'attire. Je pourrais me perdre dans ces iris verts toute la journée, juste un peu trop lumineux pour être qualifiés d'émeraude. Comme une prairie verte sous un ciel ensoleillé.

— C'était étrange, marmonne-t-il.

Et le charme est rompu.

— Étrange ? Une femme t'arrache ta chemise et tu trouves ça étrange ? Tu as besoin d'un mode d'emploi pour comprendre ce que ça signifie ?

Je croise les bras et le fusille du regard. Moi qui croyais qu'il ressentait la même chose… *Non*, il ressentait *vraiment* la même chose, alors pourquoi se comporte-t-il bizarrement ?

Il pousse un gros soupir.

— Tu n'as pas combattu mes pouvoirs de siren. Tu les as modifiés, puis tu les as tout simplement éliminés, sans lutter contre, mais en trouvant une manière logique de ne pas accepter mes suggestions tout de suite. Ça n'était jamais arrivé.

— Attends, tu…

Cette fois-ci, il me laisse le poignarder. D'accord, je ne fais qu'entailler sa peau, parce que je ne veux pas véritablement lui faire du mal, mais j'espère qu'il saisit le message. Il ne faut pas jouer avec moi, surtout sur le plan personnel.

Il grogne, mais ne fait rien pour stopper le léger saignement sur son bras, qui imbibe sa chemise. Pas de manière inquiétante cependant. J'ai oublié qu'il ne guérissait pas aussi vite que moi. Oui, eh bien, c'était une punition. J'espère qu'il en gardera une cicatrice. Ça lui apprendra à me mettre sens dessus dessous.

— Tu m'as mal compris, dit-il en fixant sa blessure. Je ne t'ai pas obligée à arracher ma chemise.

Je lui lance un regard noir.

— Je ne l'aurais pas fait de mon plein gré, en tout cas.

— Si, si.

— Ne m'oblige pas à te poignarder à nouveau, grogné-je. Je ne suis pas ce genre de femme. Je ne déshabille pas les hommes au hasard.

— Au hasard ?

Il hausse un sourcil.

— Je croyais qu'on apprenait à se connaître.

— Oui, pendant que tu me mentais, me renfrogné-je. Je n'aurais pas dû te laisser faire ça. Je devrais te couper la queue, ça t'apprendra.

Il grimace.

— Tu ne vas peut-être pas me croire, mais tous les hommes ne réfléchissent pas avec leur sexe. Je ne me suis servi de mes pouvoirs que pour te convaincre de me toucher la main. Je sais que tu n'es pas fan des contacts physiques, alors je me suis dit que ce serait un bon début. Puis je prévoyais de te faire enlever ton haut…

Je grogne, mais il poursuit sans en tenir compte.

— … sauf que tu as retourné l'ordre et m'as ouvert le mien au passage. Tu vois ? Même si tu ne réalisais pas que j'étais en train de te dire quoi faire, tu as d'instinct modifié l'ordre pour qu'il soit similaire, mais moins nuisible. Ça doit être dû à ton expérience de port du collier. Je parie que tu étais très douée pour trouver les failles dans tes enseignements ?

— Oui, très.

— Ceci explique cela. J'allais mettre fin à l'expérience, mais tu t'es libérée toi-même en décidant que ce n'était pas le moment. Encore une fois, d'instinct, tu as trouvé comment contourner ça. Si tu avais essayé de lutter parce que tu ne voulais pas le faire, ça n'aurait pas marché, ou ça aurait été très difficile. Mais en contournant l'ordre ainsi, en pensant aux autres et à notre mission, tu as réussi à briser mon influence sans même t'en rendre compte. C'est vraiment remarquable.

— Tu es en train de me dire je voulais te voir nu ? balbutié-je, l'esprit en déroute.

Il ment, forcément.

Son froncement de sourcils se mue en sourire.

— Oui. Et je comprends pourquoi.

Il agite ses pectoraux. D'accord. Il est un peu prétentieux, mais le frapper une troisième fois serait exagéré. J'ai besoin qu'il soit en forme pour notre mission. Les chats comptent sur moi. La chaleur qui s'était accumulée dans mon entrejambe se dissipe à la pensée du pauvre petit Citrouille. Il a été enlevé depuis une journée entière. Il a pu se passer n'importe quoi pendant ce laps de temps. Il est peut-être mort et disséqué à l'heure actuelle.

Avisant mon expression, Gryphon reprend son sérieux.

— Maintenant, nous savons que tu peux te défendre contre les pouvoirs des sirens, même de manière peu conventionnelle. Je ne suis pas sûr que Lennox le puisse, par contre.

— Il n'a plus de collier depuis dix ans, ça doit le rendre moins sensible, non ?

Gryphon opine, bien qu'il ne semble pas très convaincu.

— Probablement. Il est fort, mais je ne crois pas qu'il le soit autant que toi.

J'accepte le compliment, parce que je sais que c'est vrai. Lennox est très doué, mais étant restée dix ans de plus que lui au sein de la Meute, j'ai bien plus d'entraînement que lui.

— Souviens-toi de ta promesse de ne rien dire aux autres, me rappelle-t-il alors que je me tourne vers la porte. Tu peux leur dire que je t'ai fourni des informations utiles, mais pas entrer dans les détails. Je ne veux pas leur révéler tout de suite. Toi, j'ai confiance en toi. Tu feras ce qu'il faut.

— Et si j'estime que ce qu'il faut, c'est le leur dire ? répliqué-je, même si je ne compte pas revenir sur ma parole.

J'honore mes promesses. Toujours.

— Alors je devrai te supplier de ne pas le faire, rétorque-t-il tranquillement. J'ai dû lutter toute ma vie contre ma nature, et j'ai enfin un endroit où je peux être l'homme que j'ai toujours voulu être. S'il te plaît, ne m'enlève pas ça.

Je suis de tout cœur avec lui. J'ai ressenti la même chose quand j'ai quitté la Meute. Ils m'avaient définie toute ma vie, m'avaient donné un rôle qui avait été mon seul but dans la vie, et quand je me suis soudain retrouvée seule, j'ai dû me reconstruire. J'ai dû apprendre qui j'étais et ce que j'aimais. Je n'avais jamais eu l'opportunité de choisir entre différents aliments autrefois. Je ne savais pas si je préférais les petits lits ou les grands lits – et c'est comme ça que je me suis retrouvée à dormir dans un hamac. Je ne connaissais même pas la taille de mes vêtements, puisqu'on me les avait toujours fournis. Je me suis sentie si perdue, au début, même si je ne l'avais jamais reconnu. Or, je vois un peu de cette Kat au fond des yeux de Gryphon.

— Je ne leur dirai rien, déclaré-je en me retenant de lui tendre la main.

C'est bon, je l'ai assez touché pour le moment. Si tant est que ce fût ma décision.

Sérieux, de qui je me moque ? C'était mon choix. Et je regrette que Gryphon doive bientôt enfiler une nouvelle chemise et me cacher cette vue magnifique.

Parfois, il faut faire des sacrifices. Hélas.

CHAPITRE 17

Je suis surprise que les autres acceptent sans broncher que je ne puisse pas leur divulguer le contenu de ma conversation avec Gryphon. Ce que Benjamin et Beth n'acceptent pas, en revanche, c'est ma volonté de les empêcher de venir.

— Hors de question ! refuse Ben avec véhémence en nous fusillant du regard, Gryphon et moi. Je ne vais pas rester ici alors que les chatons sont en danger.

— Il y a aussi des bébés chats dans cette maison, Benjamin, lui rappelé-je. S'il nous arrive quelque chose, qui va s'occuper d'eux ? Tu dois rester ici et t'assurer que personne n'en profite pour nous attaquer pendant notre absence. C'est peut-être justement ce qu'attend la Meute. Elle a sans doute planifié de nous appâter à l'extérieur, puis de brûler la maison puisque nous ne serons pas là pour les combattre.

Il semble sur le point de protester, mais Bethany lui pose la main sur le bras.

— Elle a raison. Et pense à la fille, aussi. Quelqu'un doit rester pour la protéger, et je préfère que ce soit nous deux plutôt que les chats de Ryker. Ils ne pourront pas faire grand-chose s'il se passe quelque chose.

Je me demandais si nous devrions prendre Clone-Kat avec nous, puisqu'elle devrait pouvoir nous guider, mais elle n'est pas en état de venir. Et si quelqu'un parvient à lui mettre un collier, elle deviendra notre ennemie ; or, depuis que j'ai découvert la fillette sans le collier, je ne serai jamais capable de la blesser. Elle formerait une arme parfaite contre nous. C'était peut-être l'intention de la Meute depuis le début. Nous faire aimer la fillette, puis nous attaquer.

— Pendant votre absence, nous avons consulté les derniers dossiers, intervient Lennox.

Il évite soigneusement et le torse nu de Gryphon et mon regard, cependant, il est clair qu'il m'en veut. Je peux presque sentir son loup m'appeler en gémissant. Je suis épatée qu'il parvienne à rester si calme en ma présence. J'ai toujours cru que les loups devenaient fous tant que leur moitié n'avait pas accepté d'être avec eux — Lennox semble se contrôler jusqu'ici. J'espère que ça continuera comme ça, parce que je n'ai pas l'intention de devenir son seul et unique amour un de ces jours. J'ai encore besoin de temps pour y réfléchir, pour penser à nous, or, pour l'instant, j'ai bien plus important à l'esprit.

— Nous n'avons rien trouvé correspondant à la description de la mamie Docteur, mais nous avons découvert un scientifique ayant des liens étroits avec la Meute. D'après les dossiers, il n'est plus en ville, mais Bethany est persuadée de l'avoir déjà croisé.

Mon amie confirme.

— Tu te souviens du magasin d'herbe sur la route de la Forge ? Je suis persuadée d'être tombée sur lui l'autre jour. Littéralement ou presque, parce qu'on ne regardait pas où on allait, alors on s'est percutés et j'ai failli tomber. C'était la semaine dernière, alors je parie qu'il est toujours là. Il n'est peut-être même jamais parti et travaille juste clandestinement.

Lennox me tend le dossier, que je feuillette. Il ne contient pas beaucoup d'informations, toutefois, il y a une adresse et une photo. L'homme a la fin de la quarantaine, une calvitie naissante et des yeux enfoncés dans les orbites.

— Dr Alfie Lomond, lus-je. Spécialisé en génie génétique et en reproduction sélective.

Bethany renifle avec dérision.

— J'espère que ce n'est pas lui qui se reproduit. Il n'est pas mon genre et ne doit être celui d'aucune femme. Regarde ses yeux, ils sont flippants.

Elle a raison. Avec ses joues creuses et son nez pointu, il ne ressemble pas à un homme que j'inviterais à prendre un thé. Non pas que j'invite des gens pour ça, mais vous avez saisi l'idée.

Je regarde la date de création du document, en haut. Cinq ans plus tôt, donc l'homme a disparu à peu près à l'époque où mon clone a été créé. Une coïncidence ? J'en doute.

— D'accord, allons à cette adresse, dis-je en arrachant la page contenant la photo et les informations personnelles et en la fourrant dans ma poche. Je doute qu'il y habite encore, mais peut-être que nous trouverons des preuves sur l'endroit où il se trouve maintenant. C'est toujours mieux que de traîner autour de la tanière de la Meute pour chercher un bâtiment secret. Ils nous tomberaient dessus avant même que l'on trouve ce qu'on cherche. Nous sommes peut-être plus doués qu'eux au combat, mais ils sont cinquante fois plus nombreux, voire plus. J'ai confiance en mes capacités, oui, mais pas à ce point-là. On a besoin de discrétion et d'informations. Il n'y a que comme ça que ça marchera.

Je me tourne vers Beth.

— Calfeutre la maison. Tu connais le protocole d'urgence. Préparez-vous au pire. Benjamin, je pense qu'il vaudrait mieux que tu demandes à d'autres chats de t'aider à protéger tes chatons. Parles-en à Ryker, il t'enverra certains de ses amis. Je vais aussi leur demander de patrouiller autour et de te prévenir si quelqu'un de la Meute s'approche un peu trop.

— Tu crois vraiment qu'ils vont nous attaquer ? demande Bethany.

— Ils ont créé une petite fille et l'ont transformée en arme. Pour l'instant, je préfère que nous nous préparions à tout. J'ai travaillé dur ces sept derniers mois pour nous construire ce foyer, je ne vais pas les laisser me le prendre.

Elle hoche brièvement la tête, et je comprends qu'elle respectera les protocoles que nous avons mis en place dès le début. Elle ne sous-estimera pas la menace qui attend *Miaou*. Même si c'est moi qui ai fondé cette entreprise, ils ne sont pas que de simples employés. Ils en sont des membres à part entière, cette maison est devenue la leur, et la boîte, notre famille.

Je suis presque contente que Lily soit en vacances. Une personne de moins pour qui m'inquiéter.

Attendez une seconde. Je m'inquiète pour les autres. J'ai même peur qu'il leur arrive quelque chose. Depuis quand, bon sang ? Depuis quand je les ai laissés s'approcher autant ? Depuis quand sont-ils davantage que des accessoires pratiques ?

— Allons parler à Ryker, déclaré-je avant que mon esprit me choque encore.

À moins que ce ne soit mon cœur. Je viens de découvrir que j'en possède un. C'est effrayant.

La maison où habitait Alfie Lomond est maintenant occupée par une famille. Leurs enfants jouent bruyamment dans le minuscule jardin, tandis qu'un chien encore plus petit court entre leurs pieds. D'ailleurs, c'est un chien ou un jouet ? Je frémis de dégoût. Même un chaton a plus d'amour-propre que cette boule de poils sautillante.

— Je ne pense pas que nous trouverons quelque chose d'intéressant ici, commente Gryphon en soupirant. À moins que Ryker n'arrive à sentir quelque chose ?

Le chat en question lui lance un regard chargé de testostérone, puis file vers le jardin. Depuis que Ryker a vu la chemise déchirée de Gryphon, il le fusille du regard. Se passe-t-il quelque chose entre eux ? Ça devient usant, d'avoir autant d'hommes autour. Je préfère une grappe de nanas garces plutôt que n'importe lequel de ces mecs voulant prouver qu'il a la plus grosse.

Nous attendons en silence. Quelques chats de Ryker nous suivent en toute discrétion, mais je pourrais les repérer les yeux fermés. Mes sens de panthère se raffermissent enfin, cependant, je ne pense pas être capable de me transformer encore. En cas d'urgence, je le ferai sans doute, mais je préfère rester humaine pour l'instant.

— Et qu'est-ce qu'on fait si on ne trouve rien ? demande doucement Lennox tandis que nous attendons toujours le chat. Nous passons par le portail principal ?

Avec un peu de chance, nous n'aurons jamais à le découvrir. Ryker miaule au loin, et nous le rejoignons au petit trot. Il est à deux maisons de celle où jouent les enfants. Ce qui nous permet enfin de nous éloigner de cette minuscule machine à aboyer. J'étais à deux doigts de bouffer ce chien pour qu'il la ferme.

Ryker nous attend devant un cabanon. Oh non, pas encore. C'est quoi notre truc avec les abris de jardin ? Deux fois en deux jours, ça fait beaucoup. Plus celui que M. Kindler avait aussi. Je devrais peut-être m'en acheter un, juste au cas où. On dirait qu'il s'y passe toujours des choses intéressantes.

Ryker tapote la porte avec sa patte.

Gryphon s'avance pour arracher le cadenas rouillé d'un coup. Avant même qu'il n'ouvre la porte, l'odeur d'excréments humains m'arrive au nez, et je suis saisie d'un haut-le-cœur. Est-ce que quelqu'un se sert du cabanon comme de toilettes extérieures ? Je ne m'y attendais pas du tout.

Il fait sombre à l'intérieur. Je laisse à mes yeux le temps de s'ajuster. Un homme est assis sur un sol en bois pourri, au centre du cabanon. Il est nu, mais tellement couvert de crasse que l'on remarque à peine son état. Il lui manque une oreille, aussi. Charmant. Une victime de torture, à moins qu'il ne s'agisse d'un imitateur de Van Gogh.

Il n'ouvre pas les yeux à notre arrivée, cependant il penche la tête. Le sol est jonché d'excréments humains, confirmant qu'il avait bien servi de toilettes, à ceci près que je n'avais pas envisagé qu'un homme puisse vivre *à l'intérieur* des W.C. en question. Quelle étrange situation. Il est maigre, mais pas famélique. Quelqu'un le maintient en vie. Quelqu'un qui ne prend pas bien soin de lui, cela dit, vu ses cheveux emmêlés et ses longs oncles incurvés.

— Qui êtes-vous ? demandé-je.

L'homme tourne la tête vers moi. Sans répondre. Évidemment, ça aurait été trop simple.

Soupirant, je sors un couteau.

— Répondez-moi très vite, je ne suis pas très patiente, là. Il y a des enfants en danger, alors vous feriez mieux de parler avant que je m'énerve.

Il n'ouvre pas les paupières, mais la bouche, si. Là où se trouvaient sa langue et ses dents autrefois ne reste qu'un trou béant. Il ne pourra rien nous dire.

— Bon. Est-ce que vous me comprenez, au moins ?

À mon grand soulagement, il opine. Nous sommes étrangement dans la même situation qu'avec la fille clonée. Cela dit, si nous avons réussi à la faire parler, je doute que nous en soyons capables pour cet homme. Couper la langue à quelqu'un est une solution assez radicale pour empêcher de révéler des secrets.

— Connaissez-vous la Meute ?

Il ouvre vivement les paupières, révélant ses yeux injectés de sang qui me fixent, sous le choc. Il lève lentement la main et mime une gorge tranchée.

— Vous avez peur qu'ils vous tuent ? Franchement, ce ne serait pas mieux, dans votre situation ?

Ryker miaule, mais pas pour être d'accord avec moi. Oh, ferme-la, mon mignon. Je suis crevée et impatiente. Je n'ai pas le temps de gérer ce type effrayé.

— Donc vous connaissez la Meute. Nous cherchons un homme du nom d'Alfie Lomond. Le connaissez-vous ?

Je n'aurais pas cru que ses yeux pourraient s'écarquiller davantage, et pourtant si. Il regarde tout autour de lui, comme s'il s'attendait à une attaque de la Meute, puis se focalise sur moi, m'examinant de la tête aux pieds. En général, je soulage de leurs testicules les hommes qui le font, mais celui-ci ne m'observe pas ainsi parce que je suis une femme. Je pense qu'il me jauge surtout pour savoir si je suis assez forte pour survivre.

Enfin, il hoche la tête. Très lentement.

Bien que soulagée d'avoir peut-être enfin une piste, je n'en montre rien.

— Est-il toujours en vie ?

L'homme opine à nouveau.

— C'est lui qui vous retient ici ?

Il acquiesce.

— Savez-vous où il est à l'heure actuelle ?

Cette fois, il secoue la tête. Merde. Ça se passait si bien.

— Très bien. Savez-vous où il travaille ? Nous savons que la Meute possède un laboratoire ou un centre de recherche clandestin. Est-ce que ça vous évoque quelque chose ?

Ses yeux en sortent presque de leurs orbites. Il ne hoche la tête que de manière imperceptible, cependant, il semble savoir de quoi je parle.

— Quelqu'un a enlevé mes amis, expliqué-je. Et il se passe dans ce labo des choses auxquelles nous devons mettre un terme. Si vous nous montrez le chemin, je vous promets de vous protéger.

Il rit, émettant un horrible gargouillis.

— Je ne crois pas qu'il veuille être protégé, marmonne Lennox dans mon dos.

Gryphon s'avance vers l'homme.

— Voudriez-vous que l'on abrège vos souffrances ?

Le prisonnier le fixe un long moment. Je pourrais presque entendre leur conversation silencieuse, mais je dois me faire des idées. Au bout d'une éternité, l'homme hoche la tête et se met prudemment à genoux, afin de nous montrer son dos. Sa peau est recouverte de boursouflures rouges, de vieilles marques de coups de fouet. Ils nous en donnaient souvent, à la Meute, mais nous guérissions. Pas lui.

Ses poignets sont attachés ensemble. Pas étonnant qu'il se soit fait dessus. Et même s'il l'avait voulu, jamais il n'aurait pu se suicider pour échapper à sa misère. Pas ficelé de la sorte.

Gryphon sort un couteau de nulle part et coupe gentiment la corde. Même quand les liens se desserrent, l'homme ne bouge pas les bras. Vu l'étrange position de ses omoplates, il doit avoir des articulations disloquées. Pauvre homme. Gryphon avait raison quand il parlait d'abréger ses souffrances.

Je recule afin de leur laisser la place, à Lennox et lui, de mettre l'homme debout. Il est à peine capable de marcher, mais il essaie, un pas après l'autre. Lorsque les premiers rayons de soleil tombent sur son visage, il sourit, de sa bouche sans dents et sans langue, et ferme les yeux. J'aurais aimé pouvoir lui laisser le temps de profiter du soleil une dernière fois.

Malheureusement, il doit nous conduire au labo, sinon nous ne retrouverons jamais Citrouille et les autres chatons.

— Est-ce que c'est loin d'ici ? demandé-je, en regrettant presque de déranger cet instant de paix qu'il vit.

Il hoche la tête, et je soupire.

— L'un des hommes va vous porter. Essayez de nous faire prendre la route la plus rapide, mais pas les rues bondées, car nous ne devons pas nous faire repérer. Compris ?

J'ai le sentiment de commettre une énorme erreur, mais nous n'avons pas d'autre choix.

CHAPITRE 18

J'enfonce une aiguille de somnifère dans la peau de l'homme avant que Gryphon ne lui tranche la gorge. D'un point de vue stratégique, il aurait mieux valu le garder en vie tant que nous ne sommes pas sûrs d'être au bon endroit et non dans un piège, mais ses gémissements constants devenaient agaçants.

Il nous a conduits jusqu'à un quartier d'affaires à quelques pâtés de maisons de la tanière de la Meute. Nous nous cachons dans une allée le temps que Ryker et ses chats vérifient les alentours. Deux agents de sécurité gardent l'entrée du bâtiment que l'homme nous a indiqué. L'un d'eux est humain, l'autre un métamorphe sans collier. Étrange. Normalement, seul un groupe très restreint de métamorphes de la Meute sont considérés comme assez dignes de confiance pour ne pas en porter, et tous sont bien trop importants pour surveiller un bâtiment.

Tandis que le soleil se couche, les ombres s'allongent autour de nous. Mon moment préféré. Les gens quittent le travail, fatigués et impatients de rentrer à la maison. Ils ne font pas attention aux choses suspectes qu'ils auraient remarquées le matin, quand ils étaient plus alertes. À cette heure-là, ils se fichent de ce qui se passe autour d'eux. Bientôt, les rues se videront, ne laissant que quelques traînards ayant travaillé tard. Dans d'autres quartiers de la ville, c'est le moment où les pubs se remplissent et où les premiers soulards envahissent les rues en chancelant, mais pas ici. Dans cette zone, il n'y a que des rangées d'immeubles de bureau. Carrément ennuyeux et déprimant.

Tandis que Lennox et Gryphon se débarrassent du corps de l'homme, je reste accroupie, les yeux fermés, et me concentre sur les odeurs et les bruits alentour. Toutes les personnes autour de nous sont humaines, à l'exception de l'agent de sécurité. La plupart des humains exhalent l'épuisement. Je me demande si c'est mon cas aussi. J'ai toujours les membres lourds, ce qui m'empêche de retrouver toute ma force.

Entrer dans le bâtiment ne devrait pas être trop difficile. Nous sommes tous doués pour grimper, et je suis sûre que nous parviendrons à trouver une fenêtre ouverte. Sinon j'utiliserai la scie en diamant que j'ai glissée dans mon sac à dos. Mon instinct me souffle cependant d'être prudente. Ça m'étonnerait que ces deux hommes soient les seules mesures de sécurité de la zone. Je n'arrive pas à bien sentir l'intérieur du bâtiment, alors que j'aurais dû pouvoir le faire à cette distance. Ils doivent utiliser de la pierre de khol, un matériau synthétique qui bloque en partie les pouvoirs des métamorphes. Dans la tanière de la Meute, certaines pièces en étaient recouvertes afin que nous ne puissions pas entendre ce qu'il se disait à l'intérieur, de même que tout l'étage où vivaient les leaders. S'il y en a ici aussi, cela doit vouloir dire que nous sommes au bon endroit. Ils n'utiliseraient pas un matériau si cher à moins d'avoir quelque chose à cacher.

Les gens sont de moins en moins nombreux à quitter le bâtiment, la plupart des employés ayant déjà rejoint la rue.

Bientôt, ils seront à table, regarderont peut-être la télévision, parleront du travail, de leur fatigue, de leur impatience d'être en week-end. Je ne crois pas en avoir déjà eu un vrai. Je prends rarement plus d'une journée de congé par-ci, par-là. Il y a toujours des gens à tuer, et c'est plus facile de les prendre par surprise chez eux, quand ils se détendent.

Sentant Ryker revenir, j'ouvre les yeux et le regarde se faufiler jusqu'à nous. Personne ne fait attention aux chats. Il est peut-être grand et magnifique pour un animal de son espèce, mais il reste un simple chat à leurs yeux. Bandes d'humains ignorants. Les chats sont beaucoup plus avancés qu'eux sur bien des points, mais bien sûr, jamais ils n'accepteront une telle idée. Il n'y a pas plus arrogant que les chats, à part les humains.

— As-tu trouvé un moyen d'entrer ? demandé-je à Ryker dès son arrivée.

Il hoche la tête, puis miaule. Il est inquiet, mais je ne comprends pas ce qu'il cherche à me dire.

— Tu as peur que nous ayons un comité d'accueil ?

Je sens son « oui » avant qu'il ne baisse la tête.

— Eh bien, ils ne savent pas ce qui les attend, affirmé-je gravement. Nous allons récupérer les chatons et nous assurer qu'ils ne feront rien à la petite.

Je me tourne vers Lennox.

— Que penses-tu de déclencher un petit incendie ?

Il me fait un grand sourire.

— J'ai cru que tu ne le demanderais jamais.

Son enthousiasme enfantin m'amuse. Il a toujours adoré faire exploser des choses.

— D'abord, nous trouvons les chatons et nous les faisons sortir. Ensuite, nous essayons de déterminer ce qu'ils font vraiment là-dedans. Prenez tous les documents intéressants que vous trouverez. Et quand tout sera terminé, nous brûlerons le bâtiment. Avec un peu de chance, ça mettra un coup à la Meute, même si ce n'est pas leur tanière. Ce projet-là devra attendre un autre jour.

Je résiste à mon envie de me frotter les mains comme une méchante prévoyant de faire tomber le gouvernement. La Meute n'est peut-être pas à la tête de la ville, mais elle tire suffisamment de ficelles pour avoir plus de pouvoir que les conseillers municipaux. Impossible de dire combien de personnes elle contrôle.

— Et si les chatons ne sont pas là ? demande Gryphon.

Je me retiens de lui balancer un truc au visage.

— Restons positifs, rétorqué-je. Une chose à la fois. Ryker, pourrais-tu demander à tes chats de se battre près du bâtiment ? Ça devrait distraire les gardes un instant. Lennox, tu fais le tour et tu prépares tout ce qu'il faut pour mettre le feu.

— J'ai le droit de tout faire exploser ? demande-t-il avec une étincelle impertinente dans les yeux.

Je pouffe.

— Tout ce qui te fait plaisir. Inonde le bâtiment d'acide, si tu veux, je m'en fiche, tant que tout est détruit après notre départ. Gryphon, Ryker, avec moi. À nous trois, nous devrions pouvoir repérer les chatons, et sinon Gryphon utilisera ses compétences spéciales sur un employé pour qu'il nous révèle l'emplacement des bébés.

Le siren me lance un regard d'avertissement, mais il ne devrait pas s'inquiéter. Je ne vais pas rompre ma promesse. Son secret est bien gardé avec moi.

— Quel est le signal pour que je démarre le feu ? demande Lennox.

Mince, j'aurais dû apporter les talkies-walkies. Je les ai achetés il y a quelque temps dans un magasin d'occasion, mais je ne les ai jamais utilisés. Je ne suis jamais accompagnée quand je pars en mission, en général.

Je hausse les épaules.

— Je peux grogner très fort ? À ce moment-là, on se fichera de se faire repérer.

Gyphon ricane et sort un sifflet de sa poche de manteau.

— Nous pourrions utiliser ceci. C'est un peu plus sophistiqué.

— Tu veux dire par là que je ne le suis pas ? rétorqué-je, faussement vexée.

M'ignorant, Gryphon se tourne vers Lennox.

— Tu veux des explosifs ? J'en ai apporté quelques-uns, au cas où. C'est toujours pratique d'en avoir.

Les hommes et leurs jouets, je vous jure. Tandis qu'ils parlent dynamite, je me prépare mentalement à l'assaut du bâtiment. J'espère vraiment que nous sommes au bon endroit. Cela dit, les murs en pierre de khol sont un bon indice : il se passe quelque chose ici. En outre, il est peu probable que l'homme torturé nous ait dupés. Tout ce qu'il voulait, c'était échapper à sa vie de souffrance et de malheur. Pauvre homme. Je me demande qui il était. Un ancien employé de la Meute, peut-être ? Je ne le saurai jamais. Argh, je déteste les mystères non résolus.

Ryker miaule avec impatience, et je me redresse, étirant mes membres.

— Après toi, lui dis-je. Allons retrouver ton fis.

Ryker a trouvé un conduit de ventilation rouillé au fond du bâtiment, loin des agents de sécurité, si bien que nous n'avons pas besoin de ses chats pour faire diversion.

Lennox arrache la grille d'entrée, et ses muscles ondulent sous son tee-shirt dans la manœuvre. Je détourne le regard. Pas de distractions. Comme il est le plus costaud de nous quatre, il passera en dernier. Je me place devant, suivie par Ryker, que Gryphon aide à monter sur le rebord.

J'avance lentement sur le métal grinçant, essayant de faire le moins de bruit possible, mais puisque le conduit est plus vieux que moi, c'est presque impossible. Heureusement, la plupart des employés ont désormais quitté le bâtiment. Contrairement à moi, Ryker est silencieux comme un spectre. Parfois, c'est pratique d'être petit. Je vois un coude dans le conduit devant moi, mais avant que je ne l'atteigne, les grincements deviennent plus bruyants, et je tombe tout à coup.

J'atterris à quatre pattes, grâce à mes instincts félins. Levant la tête, j'aperçois le grand trou dans le plafond. Oups. Ce conduit de ventilation n'était peut-être pas fait pour que des gens rampent dedans. J'époussette mes vêtements et attends que les autres descendent. Aucun bruit n'indique que quelqu'un a remarqué notre arrivée. Je renifle. Pas de pierre de khol autour de nous, donc nous devons être dans la partie ennuyeuse du bâtiment : les bureaux. Je ferme les yeux pour mieux me concentrer et étends mes sens. Une faible trace de pierre de khol en dessous de nous, et encore un peu à quelques étages au-dessus, mais une quantité plus faible. Juste une pièce, probablement.

— Lennox, prends l'escalier, je pense qu'il y a des choses intéressantes dans un bureau en haut. Tu devrais d'ailleurs le fouiller avant de partir installer tes explosifs. Ryker, Gryphon, allons au sous-sol. Il y a un truc qu'ils ne veulent pas que nous sentions.

— Qu'ils ne veulent pas que *tu* sentes, rectifie Gryphon. Je ne sais même pas de quoi tu parles. Ceci est un nez cent pour cent humain.

Je hausse un sourcil et il la ferme. Mieux vaut qu'il évite de prétendre être humain, ça ne serait pas bon pour notre relation déjà tendue.

— J'attendrai le signal, déclare Lennox avant de s'en aller en trottinant sans un mot.

— Ryker, est-ce que tu sens les chatons ? demandé-je, avec

le vague espoir que ses liens génétiques avec Citrouille lui confèrent un avantage.

Il secoue la tête.

— D'accord. Alors, au sous-sol. Soyez sur vos gardes. Avec cette pierre de khol, je ne peux même pas sentir s'il y a quelqu'un.

J'adresse un sourire goguenard à Ryker.

— Je préférerais presque que tu sois un chat normal, peut-être qu'ils ne sont pas affectés comme nous les métamorphes par ce matériau.

Il me fusille du regard, puis court en direction de l'escalier au bout du couloir. Un panneau lumineux vert, indiquant l'issue de secours, clignote au-dessus de la porte permettant de l'emprunter. Ryker attend devant, sans doute incapable de pousser les lourds battants lui-même. Ça doit être tellement embarrassant d'être un minuscule métamorphe entouré de géants métamorphes. Comme moi. Et Lennox. Et j'ai aussi envie d'ajouter Gryphon, car même s'il n'est pas de la même espèce que nous, il est grand. Ryker est totalement surclassé.

Faisant comme s'il n'avait pas à compter sur nous, j'ouvre les portes assez grand pour qu'il puisse s'y faufiler à mes côtés. L'escalier est sale et sent la poussière de béton. Toujours mieux que l'ascenseur. Je les déteste, je m'y sens impuissante.

En bas des marches, des portes métalliques nous attendent. Je ne perçois rien derrière, et ça me rend folle. Je n'ai pas l'habitude de ne pouvoir compter que sur ma vue.

Gryphon sort un sabre courbe de l'étui qu'il a dans le dos, tandis que je m'empare de deux de mes couteaux préférés. Je vais adorer m'en servir pour taillader ceux qui ont enlevé les chatons.

— Prêts ? soufflé-je en regardant les deux hommes.

Gryphon hoche la tête et Ryker miaule doucement. Il sort les griffes et arque le dos, prêt à se battre.

— Essayons d'en garder au moins un en vie, marmonné-je.

Nous devons découvrir ce qu'ils ont fait à mon clone et ce qu'ils mijotent d'autre. Une fois qu'on aura ça, on pourra en faire de la chair à pâté.

— Il me tarde, grogne Gryphon.

Je suis surprise par son expression féroce et son excitation. Il aime se battre autant que moi. Mais y a-t-il autre chose en plus ? Veut-il venger une enfant et des chats qu'il ne connaît même pas ? Si c'est le cas, cela prouve qu'il est bien plus humain que je ne le pensais.

Je me dis alors que même si ce n'est pas sa famille qui dirige la Meute, c'est son espèce. Il doit se sentir coupable, en partie. Parfois, les plus grandes menaces contre la tyrannie ne viennent pas de l'extérieur. Elles viennent de leurs propres créations.

J'attrape les poignées de porte et prends une grande inspiration. Je suis toujours plus faible que d'ordinaire ; cependant, l'adrénaline m'aide à pallier ça. Face à des membres de la Meute, je devrais m'en sortir, et pour une fois, je ne suis pas seule. C'est étrange de se battre aux côtés d'autres personnes. Enfin, d'une autre personne et d'un chat.

Je prends une grande inspiration et ouvre les portes… dévoilant un long couloir, ennuyeux et très vide. Tu parles d'un apogée.

En silence, nous nous enfonçons dans le sous-sol. Il n'y a aucune issue à l'autre bout, juste des murs en métal brillant. Je me demande où se trouve la pierre de khol qui bloque mes sens en grande partie. Derrière les murs ? Mélangée au métal ? Je ne la connaissais que sous forme d'une pâte appliquée sur les parois, mais ce bâtiment de la Meute semble abriter des technologies plus avancées que celles auxquelles je suis habituée. Le collier de mon clone en est un des exemples, et en voilà sans doute un autre.

Au bout du couloir, deux choix s'offrent à nous : droite ou gauche. Gryphon indique qu'il part sur la droite, et j'opine.

Ryker reste avec moi et, ensemble, nous parcourons en vitesse un nouveau couloir sans intérêt.

Au fond se trouvent trois portes. Cette fois-ci, nous devons prendre une décision. Je presse doucement l'oreille contre celle du milieu, mais je n'entends rien. Ils ne se contentent pas de bloquer mes facultés de métamorphes ; ils annihilent aussi mes sens humains. Ryker renifle le sol et, tout à coup, ses oreilles tressaillent et il se raidit. Il pointe de la patte la porte de droite. Il a dû sentir quelque chose, contrairement à moi.

— Citrouille ? articulé-je, et il confirme.

Même si j'ai très envie de débouler dans la pièce, je prends le temps d'attraper des aiguilles empoisonnées dans mon col et de les glisser entre mes doigts, prêtes à endormir la moindre personne. C'est un moyen bien plus rapide que de me battre contre plusieurs assaillants en même temps tout en essayant de ne pas leur faire trop de mal. Même si j'ai très envie de tous les tuer, la partie rationnelle de mon cerveau me rappelle quand même que nous avons davantage besoin d'informations que de revanche.

Avec mes aiguilles dans une main et mon couteau dans l'autre, j'ouvre lentement la porte.

Trois hommes vêtus d'une blouse de laboratoire sont debout autour de tables, et un quatrième est assis derrière un bureau. Tous me tournent le dos. Parfait. Une autre personne se déplace derrière une rangée d'étagères servant de cloison à la pièce, mais je n'ai pas le temps de m'en occuper pour le moment.

Je lance les aiguilles, qui vont chacune se ficher dans le cou de chacun des hommes. L'un d'eux se tourne juste avant de s'effondrer — Alfie Lomond — tandis que les autres ne sauront jamais qui les a attaqués. Je prendrai plus tard le plaisir de tuer Alfie pour ce qu'il a fait au type du cabanon. Peut-être que je vais le laisser se chier dessus d'ailleurs, afin qu'il sache ce que l'on éprouve. Je me demande si je saurai un jour ce qu'a fait l'homme de l'abri pour mériter un tel sort. Cela dit, ce n'est pas le moment de penser à ça.

Ryker part en courant tandis que j'attrape un autre couteau et avance lentement dans la pièce, sur le qui-vive.

La personne derrière les étagères a dû comprendre ce qu'il se passe. Elle est accroupie derrière les rayonnages pour se cacher de moi. Comme si c'était possible.

Je renifle, et une odeur de sueur mêlée de peur envahit mes narines. C'est une femme, et elle est effrayée. Pas autant qu'elle le devrait. Je perçois une autre odeur, plus loin. Une femme aussi, plus âgée. Aucune trace de peur de sa part. Intéressant.

Je m'assure d'abord que les hommes ne bougent plus et que je n'ai manqué personne dans cette partie du labo, puis je m'approche lentement des étagères. C'est une façon maligne de diviser une pièce sans ajouter de mur. Je devrais peut-être le faire à la maison, pour séparer la grande salle à manger en plusieurs pièces plus confortables.

Signe que l'on devient adulte : penser à l'aménagement intérieur de son chez-soi aux moments les plus inopportuns.

Je sens la femme bouger avant même qu'elle ne m'attaque avec son stylo. Un stylo, sérieux ? Ils n'ont pas de scalpels dans ce labo ? Même des ciseaux, ça aurait été mieux. Je me sens insultée.

Je repousse son attaque pathétique, lui prends le poignet et le tords dans son dos, jusqu'à ce qu'elle ne puisse plus bouger. Elle couine, mais je l'endors avant qu'elle puisse faire un truc dégoûtant, comme me supplier de ne pas lui faire de mal. Je la lâche, me fichant pas mal qu'elle en récolte des bleus. Elle travaille dans un labo de la Meute, ça ne peut pas être une gentille.

Maintenant qu'elle est hors course, il ne reste qu'une seule personne dans le labo, à moins qu'il n'y en ait d'autres masquées par de la pierre de khol.

Elle se tient au fond de la pièce, près d'une petite porte

close. Sa blouse blanche moule sa grande silhouette, s'arrêtant à peine sous les fesses, révélant des cuisses épaisses comme des troncs d'arbre. Manifestement, ils ne font pas de blouses à sa taille.

— Tournez-vous lentement, lancé-je sèchement, sachant pertinemment qui j'ai sous les yeux.

Je t'ai eue, mamie Docteur.

CHAPITRE 19

— Je vois que vous nous avez trouvés, déclare-t-elle d'une voix venimeuse et non surprise. Ne voyant pas K8 revenir, j'ai compris qu'elle avait échoué dans sa mission. Dommage, elle était très prometteuse.

K8. Kat. Mon clone. Cela me met très en colère que la vieille l'appelle par un numéro. Elle traite une petite fille non comme une enfant mais comme une expérience de laboratoire. Je vais lui faire payer tout ce qu'elle a fait, mais pas tant que je n'aurai pas eu quelques réponses.

— Assis, ordonné-je en indiquant une des chaises avec mon couteau.

La femme hausse un sourcil, visiblement peu habituée à ce qu'on lui dise quoi faire. Pourtant, elle s'exécute.

Je la contourne en gardant mon couteau près de son cou. Si elle me connaît bien, elle sait que je n'hésiterai pas à frapper. Gardant la lame en place pour maintenir la menace, j'attrape des menottes dans mon sac à dos. Elles font partie de mes accessoires préférés. Elles sont si polyvalentes. Attacher quelqu'un à une chaise, c'est une façon assez ennuyeuse de s'en servir, mais je n'ai pas le temps de jouer avec elle. La torture pourra venir plus tard, si la vieille me résiste.

Une fois ses mains sécurisées, j'entoure ses jambes de corde pour la forme. Je ne veux pas qu'elle s'en aille. Maintenant que je peux la laisser seule quelques instants, je rengaine mon couteau et m'approche de la petite porte devant laquelle se tient Ryker, une patte contre le métal. Ses yeux sont si emplis de douleur que j'ouvre au plus vite.

Il se précipite à l'intérieur de la pièce en miaulant bruyamment. Je tends l'oreille, et oui, je perçois une faible réponse. Le soulagement ressemble à des bulles éclatant dans mon ventre dès que j'entends deux autres faibles miaulements. Les chatons sont là !

— Ohé, viens là ! crie la femme. Je n'ai pas le temps de rester assise toute la journée.

Je lève les yeux au ciel et retourne la voir.

— Tu sais que tu es attachée à une chaise ? Tu resteras assise autant de temps que je le voudrai.

Elle me fusille du regard. Je suis épatée de n'y voir aucune trace de peur. Soit c'est une experte pour la cacher, soit elle n'est pas du tout inquiète.

J'attrape une autre chaise et m'assieds en face d'elle. Je suis sûre que Ryker m'appellera s'il a besoin de mon aide. Pour l'instant, il doit être en train de câliner son fils.

— Qui es-tu ? demandé-je en m'adossant à mon siège.

Étonnamment confortable, pour un meuble à l'apparence si fragile.

— Tu n'as pas encore compris ?

Je soupire.

— Que dirais-tu de me donner des réponses directes ? Tu ne veux pas rester ici toute la journée, et moi non plus. Si tu réponds à mes questions, on en aura fini plus vite.

Elle hausse un sourcil.

— Et ensuite ? Tu comptes me tuer ?

— Possible.

La femme sourit.

— C'est bien ce qu'il me semblait. Je t'ai bien élevée.

Éberluée, je renifle avec dérision.

— Toi ? Tu m'as élevée ? Je ne crois pas, non. Je ne t'ai jamais vue.

Son sourire s'élargit, mais pas d'une façon plaisante. Ses yeux sont emplis de venin, révélant sa folie. Je dois me méfier d'elle. Bien qu'elle soit physiquement à ma merci, je ne la pense pas faible.

— Oh, si, tu m'as vue, ma douce, mais tu ne t'en souviens pas. Tu étais bien trop jeune pour ça.

Ma tension grandit, pourtant, je m'étire les bras l'air de rien en bâillant.

— Si je voulais écouter un conte, je ne serais pas venue jusqu'ici. Maintenant, dis-moi qui tu es et ce que tu fais dans ce labo.

— Ce serait trop gentil de ma part. Cela te faciliterait bien trop la vie. Mais non. Je ne parlerai pas.

Je suis sur mes pieds en un instant, mon couteau contre son menton. Celui du bas, puisqu'elle en a un double. Si l'on peut dire que sa silhouette est solide, son visage, lui, est bouffi et atteint de couperose, comme les alcooliques.

— Ne t'en fais pas, j'arrive toujours à faire parler les gens, lui soufflé-je à l'oreille. À la fin, tu me diras tout ce que je veux savoir. À toi de décider à quel point tu veux souffrir.

— Je pense que tu ne me feras aucun mal, affirme-t-elle en souriant toujours. Pas quand tu sauras qui je suis pour toi.

Je pousse un soupir théâtral.

— Je t'ai demandé qui tu es. Alors dis-moi.

— Pose ce couteau et je le ferai.

J'écarte lentement la lame de son menton, après avoir entaillé légèrement la peau. La doc tressaille, mais reprend très vite contenance, me dévisageant comme si de rien n'était.

Je fais tourner le couteau dans ma main à plusieurs reprises, indiquant très clairement que c'est avec plaisir que je la poignarderai encore.

Comme elle ne parle toujours pas, je retourne m'asseoir et attends. Je lui accorde une seule chance, histoire de nous faciliter la vie à toutes les deux.

— Tu étais censée grandir ici, déclare-t-elle, son sourire se fanant un peu. Tu es née dans ce même bâtiment, et nous devions te garder ici, te former, t'étudier, te transformer en ce que nous voulions. Au lieu de ça, ta mère a décidé d'être une rebelle.

— Ma mère ? C'est elle qui m'a amenée ici. Je ne vois pas en quoi ça fait d'elle une rebelle.

La femme rit.

— Ça, c'est quand elle s'est rendu compte qu'elle n'arriverait pas à survivre seule. Ça faisait quatre ans qu'elle était en cavale avec toi. Cela a détruit la plupart de nos projets te concernant, puisqu'il nous a manqué les années les plus importantes de ton développement. L'expérience était vouée à l'échec avant même d'avoir véritablement commencé.

Mon esprit tourne à plein régime. Une expérience ? Ma mère, une rebelle ? Mais de quoi parle cette femme ? Rien n'a de sens, et je perds du temps, en plus. Nous sommes là pour retrouver les chatons et en découvrir plus sur mon clone, pas sur moi. Lennox attend à l'étage, prêt à faire exploser le bâtiment. Sans le signal, il viendra voir ce qu'il se passe. J'aurais vraiment dû apporter ces talkies-walkies. La prochaine fois.

— Mes supérieurs ont pensé que te voir grandir, te développer même si nous avions raté ton enfance, ce serait suffisant. Ils ont refusé de me donner les financements nécessaires. Jusqu'à ce que tu t'avères trop rebelle. Tu ne nous étais plus d'aucune utilité, alors il nous fallait une remplaçante.

— Kat, marmonné-je. Le clone.

La femme éclate de rire.

— Kat ? Tu lui as donné ton nom ?

— Elle se l'est donné elle-même, rétorqué-je sèchement, puisque tu ne t'es pas donné cette peine.

— Intéressant, commente-t-elle en regardant autour d'elle comme si elle cherchait un carnet pour prendre des notes. Comment as-tu réussi à la faire parler ? Le collier est censé l'en empêcher. Il a un dysfonctionnement ?

Je la fusille du regard. Elle me rend folle. Si mon côté rationnel n'était pas en train de m'en empêcher très fort, je lui aurais déjà tranché la gorge.

— Aucun dysfonctionnement. Nous l'avons enlevé.

Pour la première fois, elle semble sincèrement surprise.

— Et ça ne l'a pas tuée ?

J'ai un poids sur le cœur.

— Comment ça ?

— Les autres clones survivaient rarement longtemps sans leurs colliers…

— Les autres clones ? la coupé-je avec rudesse. Il y en a eu combien ?

— Sans te compter, six.

— Six ?!

C'est à ce moment-là que je réalise ce qu'elle a dit juste avant.

Elle m'observe en souriant. Elle prend son pied. Voilà pourquoi elle me raconte ça. Elle ne cherche pas à me donner des réponses, elle veut me torturer.

— Sept, soufflé-je.

Impossible. J'ai une mère. Je m'en souviens, même si mes souvenirs sont fragmentés.

— Est-ce que ma mère… ?

— … était l'originale ?

La femme grimace.

— Oui. L'une de nos meilleures métamorphes sans collier.

Je la croyais loyale, mais te voir elle, son clone, lui a mis la tête à l'envers. Elle s'est enfuie en te prenant avec elle, ainsi que l'un de mes assistants. L'imbécile. Il serait toujours en vie s'il était resté. Nous avons dû faire un exemple.

Mon père. Non, pas mon père. Je comprends à présent pourquoi certaines personnes tombent dans les pommes en recevant de mauvaises nouvelles. J'ai la tête qui tourne, je me sens vaseuse. Ça fait trop à encaisser.

— Pourquoi ? grogné-je en repoussant ma faiblesse.

La femme n'a pas le temps de répondre ; un miaulement puissant me fait sursauter. Ryker !

Je laisse la femme se marrer toute seule et me précipite dans l'autre pièce. Je ne l'ai pas regardée de près tout à l'heure, trop concentrée sur ce que mamie Docteur avait à me dire. Je le regrette à présent. La pièce n'est pas aussi petite que je l'ai cru ; en réalité, elle est si longue qu'elle est sans doute plus grande que le laboratoire. Les murs sont recouverts d'étagères à l'avant, remplis de bocaux, de fioles et de boîtes. Des choses que je préfère ignorer flottent dans du liquide. Je n'ai pas encore la nausée, mais ce n'est pas loin. Mes pensées partent dans tous les sens, et ne parlons pas de mes émotions. C'est le bazar.

Je cours dans la pièce, jusqu'à ce que les étagères cèdent la place à des cages. Des dizaines de petites qui sentent l'urine de chat. Certaines sont vides, et les portes des deux rangées du bas sont ouvertes. Ryker est entouré de six chatons, qui l'inondent de câlins à l'étouffer. Leurs miaulements aigus me fendent le cœur et me font oublier mes problèmes un instant.

Ryker ne s'intéresse cependant pas à eux. Ses yeux sont rivés sur la cage tout en haut. Citrouille. Le petit chat est pressé contre les barreaux et appelle son père.

Ryker me grogne dessus pour que je me dépêche de faire descendre la cage, puisqu'il n'en est pas capable.

— À ta place, je ne ferais pas ça !

Je me tourne en entendant la voix de la femme, même si je

la sais toujours attachée à la chaise et incapable de voir ce que je suis en train de faire. Quelle salope diabolique !

— Je ferai ce que je veux ! crié-je.

Même si les chatons semblent indemnes, mon clone a été maltraité dans cet endroit. Je ne sais pas ce qui est arrivé aux autres clones, où ils sont, s'ils sont même toujours en vie, mais je doute qu'ils aient eu une existence très heureuse eux aussi. Je vais déchiqueter cette femme morceau par morceau. Mais d'abord, je vais rendre Citrouille à son père.

Du coin de l'œil, je vois quelque chose voler jusqu'à moi, cependant, avant que je ne puisse réagir, cela m'atteint par-derrière, dans la nuque. Je trébuche, cherche quelque chose à quoi m'accrocher, mais du métal froid se pose ensuite sur ma gorge, et tout devient noir.

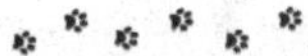

Ça brûle. Quelque chose brûle. La fumée emplit mes poumons, et je tousse, essayant de la faire sortir, de respirer l'air frais. J'ouvre les paupières, les cligne plusieurs fois pour dissiper les larmes que la fumée me fait monter aux yeux. Quelque chose me semble différent. J'ai un mauvais pressentiment.

J'ai l'esprit embrouillé. Que s'est-il passé ? Une histoire de chats. Beaucoup de chats.

En gémissant, je tente de m'asseoir. Mon corps ne m'obéit pas. Il est lourd, si lourd, comme s'il ne m'appartenait pas. Je ne ressens aucune douleur, et pourtant, cela me rappelle ma dernière transformation, celle où la perte de sang a failli me tuer. Ce n'est pas la même chose, mais…

— Miaou.

Une douce fourrure se frotte contre mon bras. Je tourne la tête, et chaque fraction du mouvement est une lutte infernale. Ryker me dévisage, le regard empli de peur et d'inquiétude. Les souvenirs me reviennent lentement. Citrouille. Les chatons. La femme.

— Citrouille ? soufflé-je.

Son miaulement angoissé m'apprend tout ce que j'ai besoin de savoir. Il n'a pas réussi à libérer son fils. Pourquoi y a-t-il le feu ? Lennox devait attendre le signal. La fumée me brûle les poumons et les yeux, mais je suis incapable de lever la main pour essuyer mes larmes. Que m'est-il arrivé ?

Ryker miaule à nouveau, mais je ne le comprends pas. Je ne saisis même pas ses intentions. Je ne reçois aucune image mentale. Je ne perçois qu'un miaulement de chat banal. Oui, il a l'air effrayé, mais ça n'a rien d'étonnant.

— Que se passe-t-il ? demandé-je d'une voix rauque. Qu'est-ce qui m'a frappé ?

Il s'approche pour toucher ma poitrine avec son nez. Non, pas ma poitrine. Ma gorge.

Une peur glaciale m'envahit. Rassemblant la moindre once de force que je possède, je parviens à lever une main à mon cou.

Les larmes coulent de mes yeux, et cette fois-ci, la fumée n'y est pour rien.

Ils m'ont mis un collier.

CHAPITRE 20

Ryker pose sa tête contre mon torse, sans doute pour me réconforter. Mais rien de ce qu'il fera ne m'aidera à me sentir mieux. Ce n'est pas tant ma mort qui me donne envie de hurler ; c'est le fait de mourir en esclave.

J'ai cru avoir retrouvé ma liberté. M'être créé une nouvelle vie. Tout a disparu désormais, balayé comme si ce n'était qu'un rêve, ne laissant que la dure réalité derrière lui. Je suis un clone, j'ai toujours été destinée à être une esclave. Ces derniers mois sans collier n'étaient qu'une illusion. J'ai été folle de croire que je pouvais échapper à la Meute.

Je suis maintenant sur le point de mourir. Je n'imaginais pas mes derniers instants comme ça. J'ai toujours espéré avoir une mort de guerrière, être tuée par la lame d'un autre assassin. Tomber au cours d'une bataille, avec l'adrénaline pulsant dans mes veines et, pour dernière sensation, l'excitation du combat.

— *Miaou.*

Oh, merde. Citrouille.

— Je suis désolée, dis-je d'une voix rauque. Je ne peux pas me lever.

Il me donne un coup de tête, essaie de me pousser au niveau des côtes, mais je pense qu'il sait que c'est inutile.

Les autres chatons ont disparu. Ryker a dû les placer en sécurité. Avec un peu de chance, Gryphon et Lennox vont bien aussi et sont loin du bâtiment en flammes.

— Tu dois le faire seul, Ryker. Je ne peux pas t'aider. Je suis désolée.

Je viens de signer l'arrêt de mort de Citrouille, mais je suis impuissante. Le collier me retient dans sa froide emprise, annihile mes forces, influence mon corps et mon esprit. Je suis surprise d'avoir encore mon libre arbitre. Peut-être que le collier met un petit moment à faire effet. Ce n'est pas forcément une bonne chose en l'occurrence. Je vais devoir assister à la mort de Citrouille, avant de me faire tuer par les flammes. Ou le collier. On verra s'il est plus rapide que l'incendie.

Ryker se lève et essaie une nouvelle fois de grimper sur la pile des cages, mais il n'a nulle part où poser les pattes. Les cages s'élèvent jusqu'au plafond, alors il ne peut pas non plus sauter sur celle du dessus. Son hurlement me brise le cœur. C'est le cri désespéré du père incapable de sauver son enfant.

— Métamorphose-toi ! crié-je, d'une voix qui s'affaiblit ensuite à chaque mot. Imagine-toi devenir grand, pense à ton besoin de devenir humain pour ton fils ! Tu peux le faire, Ryker !

Le collier essaie de me maîtriser, de me faire sombrer dans l'inconscience, mais je lutte de toutes mes forces, bien que la douleur soit de pire en pire. C'est en train de me tuer, je le sais. Je l'ai découvert lorsque la Meute m'a capturée peu de temps après que l'Homme Mystère m'a libérée. On ne peut pas mettre un collier à un métamorphe adulte, même s'il ou elle en a déjà porté un par le passé. Je ne sais pas combien de temps il me reste, mais pas beaucoup. Mon corps restera vivant quelques heures, contrairement à mon esprit. L'obscurité pointe déjà sur les bords de ma vision.

Ryker tremble, s'étire, essaie d'atteindre son fils, mais il ne se transforme pas. Le désespoir que trahit chacun de ses gestes est une nouvelle giclée de glace dans mon cœur, me figeant de l'intérieur. Je voudrais l'aider, mais je suis inutile. Je ne peux que regarder.

La fumée s'épaissit de plus en plus, et le craquement des flammes se fait de plus en plus bruyant. Bientôt, nous serons piégés dans un océan de flammes. Je devrais peut-être demander à Ryker de me mordre à la jugulaire avant de s'en aller. Brûler vive est la pire mort possible. Sauf si le collier se charge de mon cas avant.

Ryker grogne de frustration.

— Pense à ta part humaine.

Ma voix n'est plus qu'un murmure rauque, à cause des flammes ou du collier. L'un ou l'autre, je suis foutue. Nous le sommes tous les deux. J'espère que les autres sont en vie.

— Pense à ce qui te rend humain. Quelles sont les émotions qui te distinguent des chats ? Celles qui t'ont toujours donné le sentiment d'être différent ?

Il se tourne vers moi et me regarde. Il me dévisage franchement. Je ne serais pas surprise qu'il puisse distinguer chaque secret caché au fond de mon âme.

Et alors, son visage se distend. Ses moustaches tremblent, puis rentrent dans ses joues. Son visage s'allonge, sa fourrure disparaît, laissant place à une peau douce et noire. Il crie quand ses griffes se rétractent. Je détourne le regard, afin de lui donner un peu d'intimité. C'est sans doute la dernière fois que je le vois. Je devrais plutôt ne pas le quitter des yeux, partager ce moment, chérir les dernières minutes qu'il me reste. Et pourtant, non, j'écoute ses cris les paupières closes, espérant qu'il en aura bientôt fini.

— Chhhhrmm.

Je les ouvre et observe l'homme sous mes yeux. Je n'imaginais pas Ryker ainsi. Dans mon esprit, il possédait des dreadlocks blondes, une peau bronzée et des yeux bleus. En réalité, sa peau est de la couleur de ma fourrure de panthère ; ses cheveux sont gris foncé, comme la tache qu'il a sur la poitrine en tant que chat ; et ses yeux… ils sont toujours les mêmes. Jaune lumineux. Il n'arrivera jamais à faire croire qu'il est humain, avec ça, mais je m'en fiche. Ils sont stupéfiants. *Il* est stupéfiant. Magnifique. Impressionnant.

Puisqu'il est nu, je vois parfaitement ses muscles ciselés, son agilité et sa force. Très bien. Je vais conserver cette image dans ma mémoire. Il est plus grand que la plupart des chats sous forme animale, et plus grand que la plupart des humains sous cette forme aussi. Ses épaules sont larges, ses bras puissants. Et ne parlons pas de ses abdos. Je pourrais me pâmer à cause d'eux avant même que le collier ne s'en charge.

Il m'observe une seconde, puis se tourne vers les cages et attrape celle de Citrouille. Il n'a même pas besoin de tendre les bras cette fois-ci.

Je souris en le voyant serrer le petit chat contre lui et le regarder avec un véritable amour. Je suis tellement heureuse qu'ils s'en sortent vivants.

— Chrrrmmmmmrr.

Il essaie de parler, mais comme c'est la première fois qu'il est humain, il n'y parvient pas. J'espère que c'est simplement temporaire. Même étranglée ainsi, je devine que sa voix est magnifiquement grave.

Des grondements résonnent au loin et le sol se met à trembler.

— Pars, soufflé-je. Dépêche-toi.

Je voudrais en dire plus, mais tout à coup, c'est comme si j'avais un nœud autour du cou, tirant fort sur mes cordes vocales. Je ne peux plus parler. Plus aucun mot ne franchit mes lèvres. Le collier a gagné. Il est trop fort.

Tout ce qu'il me reste à adresser à Ryker, c'est un dernier sourire.

L'heure est venue de nous quitter.

Citrouille miaule et tapote le torse de son père. Je me demande s'ils parviennent à se comprendre. Citrouille savait-il que son père est un métamorphe ? Tant de questions auxquelles je n'aurai jamais les réponses. Mourir, ça craint.

Ma vision s'affaiblit. Ça commence. La mort. Je ne me suis jamais interrogée sur la suite, cependant, s'il y a une vie après, je doute de finir du côté des gens bien. Et si je finis du côté des méchants… je risque de croiser quelqu'un que j'ai tué. Peut-on encore les tuer, dans cette vie après la mort ? C'est pour une amie.

Mon audition disparaît ensuite. Je sens toujours la fumée qui nous engloutit, mais je n'entends plus le craquement des flammes, les grondements du bâtiment. Tout est très calme, soudain. Je crois que je n'ai jamais connu un tel silence. C'est paisible. Je n'avais jamais réalisé combien même ma propre respiration était bruyante. Maintenant que tous les sons ont disparu, je ne vois plus l'intérêt de lutter. Je n'entends plus les miaulements de Citrouille. Je ne vois plus Ryker.

Je sens ses bras autour de moi juste avant de perdre toute sensation dans mon corps. Est-ce qu'il me porte ? Aucune idée. La fumée masque son odeur. J'espère qu'il ne compte pas m'emmener avec eux. Je vais les ralentir, et c'est inutile, de toute façon. Je suis pratiquement morte. Ils n'arriveront jamais à me ramener à temps à la maison, où se trouve la clé du collier.

J'espère en revanche qu'il va tuer la femme. Ou la laisser brûler vive. C'est encore mieux. Elle mérite de souffrir en sentant sa peau s'arracher de son corps. Pour ma part, je ne sens plus le mien. Il est engourdi, tas de chair qui abritait autrefois mon être.

N'est-ce pas le moment où des images devraient envahir mon esprit, me montrant mes souvenirs ? En tout cas, il ne se passe rien. Peut-être que ma vie n'était pas si géniale que ça. Je n'ai pas vraiment envie de voir des réminiscences de l'époque où je vivais au sein de la Meute. Qu'ils restent dans l'obscurité, ça me va. Mes seuls bons moments sont ceux passés avec Lennox.

Mon loup. Quand il est parti, il a emporté une part de moi avec lui. J'aurais dû être transportée de joie à son retour. J'aurais dû accepter les sentiments grandissants entre nous. Au lieu de quoi, je l'ai repoussé. Par peur de l'engagement. Par peur de perdre mon indépendance, la vie que je me suis construite.

Cependant, quelle est vraiment cette vie ? Finalement, je fais la même chose que quand je travaillais pour la Meute. Je tue, je vole, je gagne de l'argent. La seule différence, c'est que je le fais pour moi. Combien de temps encore cela va-t-il être satisfaisant ? Je suis tellement irréfléchie. J'ai fait passer le travail en premier, en ignorant mon cœur. Je n'ai jamais appris à agir différemment, cela dit.

Lennox. J'espère qu'il a survécu et que son loup se remettra de la perte de son âme sœur. Si l'on m'accorde une seconde chance, j'agirai différemment. Je tenterai d'être avec lui, au moins un temps. Pour voir si je suis capable d'avoir une relation. Et si ça ne marche pas, il me restera les deux autres hommes qui réussissent à se faufiler dans mes pensées mourantes.

Gryphon. Un siren avec une conscience. Il m'attire depuis notre première rencontre, dans ma chambre. Mes hormones s'affolent dès que je le vois. J'ai tout fait pour ignorer ces sensations, mais il est temps de jouer cartes sur table. De tout révéler. D'accepter ce que je ressens. Si je ne le fais pas maintenant, quand en aurai-je l'occasion ?

Et puis, il y a Ryker, qui n'est un homme que depuis quelques minutes, et pourtant, notre connexion transcende son humanité. Je le trouve intéressant et charismatique depuis toujours, même quand je croyais qu'il n'était qu'un chat. Depuis que j'ai découvert qu'il était un métamorphe toutefois, je le regarde d'un autre œil. Je vois son potentiel. Nous sommes si semblables. Si bien assortis. Et maintenant que j'ai vu son corps humain, eh bien, cela ne fait que mettre mon attirance en évidence. Il est fait pour moi. Ou moi pour lui, puisque je suis un clone.

J'en aurais ri si j'avais encore eu le contrôle de mon corps. Je crois que j'ai même perdu l'odorat, à présent. Il n'y a plus de fumée.

Ai-je déjà pris feu ? Est-ce que je le saurais ? Ou peut-être que je suis morte et que tout ceci n'est que l'écho lointain de ma conscience. Mon esprit va peut-être rester coincé à jamais dans le collier.

Oui, dans le genre pensées optimistes, ça se pose là. La positivité dans la mort. Ça devrait rendre l'expérience plus agréable.

Je crois que je deviens folle. Je devrais peut-être me concentrer sur quelque chose de plus spécifique pour me distraire de ma mort. *Miaou*. Mes amis. Bethany. Benjamin. Lily. Je les vois debout devant notre maison. Ils agitent la main, comme pour me dire au revoir. Non, ça, ce n'est pas très positif.

J'insiste, essayant d'attirer des souvenirs, cependant, aucun n'est assez fort pour que je me concentre dessus. Je pars à la dérive, piégée dans mes pensées. Cela rendrait fou n'importe qui, or je suis déjà dérangée à la base.

Je devrais peut-être inventer quelque chose, envisager quelque chose qui ne se produira jamais.

Gryphon. Debout devant moi, sa chemise déchirée. Plutôt que de me détourner de lui comme je l'ai fait dans la vraie vie, je l'attire contre moi cette fois-ci. Je retire mon propre haut. Je l'embrasse.

C'est si réel que je sens ses lèvres sur les miennes, son souffle sur ma peau. C'est magnifique.

— Tu sais, j'ai toujours préféré les chiens, murmure-t-il en jouant avec mes cheveux.

Je pouffe et glisse la main entre ses jambes.

— Je parie que tu vas changer d'avis.

Si j'avais un corps, mes joues auraient rougi de mes paroles.

Là, cependant, je me regarde m'ébattre au sol avec lui, tandis que nous nous envoyons en l'air sur le tapis. Il va et vient en moi en tenant mes seins en coupe, les serrant à chaque coup de reins. Cela me fait mal à la poitrine. Et ses lèvres sont sur les miennes une nouvelle fois, mais non, sa tête est loin de la mienne, alors qui m'embrasse ?

Craaaac. Tel un rideau déchiré des deux côtés pour révéler la scène, la vie revient en moi, et avec elle, la lumière.

J'ouvre les yeux. Je suis entourée de gens. Ça doit être un enfer créé tout spécialement pour les asociaux comme moi.

Une personne – un homme – est plus près de moi, avec ses mains sur ma poitrine. Là où je ressens la douleur. A-t-il essayé de me ramener à la vie ? On dirait qu'il m'a brisé quelques côtes en cours de route.

Je cligne plusieurs fois des paupières et, peu à peu, les choses deviennent plus nettes. Les visages m'apparaissent plus clairement. Benjamin et Bethany se tiennent à l'écart. Et par la main ? Ça doit être un effet de la lumière.

Lily est sur ma droite, avec un Ryker très humain à ses côtés. Quand est-elle revenue de vacances ? Elle devait encore être absente quelques jours. Ryker caresse tendrement la tête de Citrouille, qui est étendu à mes pieds. À moitié endormi, il entrouvre les paupières pour me regarder. Il me sourit puis se rendort.

Sur la gauche se tient Lennox, les larmes aux yeux. Oh, loup, reprends-toi.

Et puis, il y a Gryphon, dont je sens encore les lèvres sur les miennes alors qu'il se redresse et s'étire le dos. Il a des hématomes sur le visage, mais en train de s'estomper. J'ai dû rester inconsciente longtemps, même si je n'en ai pas eu l'impression.

J'ai la tête remplie de questions. Comment avons-nous réussi à sortir ? Comment se fait-il que je sois en vie ? Est-ce que tous les méchants sont morts ? Toutefois, pour l'instant, je suis juste contente de regarder les personnes qui m'entourent.

— Tu as réussi, murmure Lily.

Je leur souris à tous, assez heureuse d'être en vie.

— Tu te demandes sans doute ce qui t'est arrivé, dit Gryphon.

Je lève les yeux au ciel. Évidemment.

— Nous pourrons te donner la version longue plus tard, mais pour ta tranquillité d'esprit, sache que les chatons vont bien, que le bâtiment de la Meute est totalement détruit et que quelques personnes sont mortes, y compris cette femme terrifiante.

Même si ça devrait me réjouir, ça m'agace aussi. J'avais beaucoup de questions à lui poser. Maintenant, je vais devoir trouver un autre moyen de découvrir ce qu'il s'est passé. Qui suis-je ? Que m'ont-ils fait ? Où sont les autres clones, sont-ils toujours en vie ? J'étais venue pour obtenir des réponses, et finalement, j'en ressors avec plus de questions qu'avant.

— Désolé d'avoir déclenché l'explosion avant le signal, marmonne Lennox, les yeux toujours humides. Ils m'avaient cerné et j'ai cru que je n'arriverais pas à partir de là-bas. Enclencher les explosifs a été la seule manière de les distraire le temps de prendre l'avantage. Mais l'incendie les a tous poussés à sortir, alors j'ai mis une éternité à pouvoir descendre. Ça en valait la peine, cela dit. J'ai trouvé des choses intéressantes dans ce bureau, des documents qui nous aideront à affaiblir la Meute.

J'ai envie de demander à quoi leur ont servi les chatons, mais j'ai la gorge trop sèche pour prononcer un mot. Alors j'indique Citrouille en espérant que quelqu'un comprendrait.

Voyant mon problème, Lily part me chercher un verre d'eau et, à son retour, veut le tenir près de mes lèvres. Comme ce serait une trop grande atteinte à ma fierté, je le lui arrache des mains, renversant la moitié du liquide sur la couverture, et parviens à avaler deux gorgées avant que ma main ne perde toute force. Ce n'était pas vraiment l'image que je voulais donner. Pathétique. Ce collier a dû endommager mes capacités de guérison métamorphes. Je suis restée inconsciente un long moment, vu que Lily est de retour et que les hématomes de Gryphon s'estompent déjà, alors je devrais avoir recouvré toutes mes forces, normalement. J'espère que ce n'est que temporaire.

— Les chatons n'ont pas été enlevés pour attirer ton attention, en fin de compte, déclare Gryphon.

Je lui souris, contente qu'il ait saisi le message.

— J'ai trouvé des rapports de laboratoire, des centaines de pages d'observations sur d'autres chatons. Ils voulaient rendre les clones plus forts en leur ajoutant davantage de gènes de chats. Ils avaient besoin pour ça de jeunes chats dont l'ADN n'est pas abîmé par le temps. Évidemment, ils voulaient juste les plus forts d'entre eux, alors ils leur ont fait subir tout un tas d'examens pour tester leur force, leur intelligence, leur persévérance. Heureusement, ils n'avaient pas encore commencé avec nos chatons, sinon nous ne les aurions peut-être pas retrouvés en vie.

Il soupire.

— Nous avons encore besoin de temps pour parcourir toutes les données que j'ai trouvées pour voir s'ils ont réussi à associer l'ADN des chats avec celui des métamorphes.

— En attendant, repose-toi, intervient Lily, coupant court aux explications de Gryphon. Tu as failli mourir. Même si c'est Gryphon l'expert médical ici, je te prescris du repos.

— Miaou, protesté-je, car il est hors de question que je reste allongée là sans rien faire.

Ils me fixent tous.

— Miaou, miaou, miaou.

— Hum, Kat ? dit Lily, les yeux écarquillés. Tu miaules.

J'attrape ma gorge à deux mains et force ma voix à redevenir humaine.

— Miaou.

Oh, merde.

FIN

L'histoire de Kat continue avec Attrape-chat, le troisième tome de cette série. À découvrir ici : books2read.com/attrapechat

Les avis en ligne sont aussi délicieux que l'herbe à chat, alors si vous voulez rendre Kat heureuse, merci de laisser un avis, même si ce n'est que quelques mots.

Pour connaître toutes les mises à jour, vous pouvez souscrire à la newsletter de Skye : skyemackinnon.com/francais.

À PROPOS DE L'AUTEURE

Skye MacKinnon est auteure de best-sellers. Ses livres racontent l'histoire d'héroïnes qui n'ont pas d'autre choix que de s'impliquer.

Elle revendique avec fierté son héritage écossais, utilisant les fantastiques décors de son pays et une pointe de mythologie, que ce soit pour parler de dieux celtes, de chats métamorphes ou des rues d'Édimbourg.

Lorsqu'elle ne se trouve pas dans son café préféré pour écrire ses livres, Skye adore la mangue séchée, ainsi que les thés exotiques, dont elle a rempli son placard jusqu'à ce qu'il n'en rentre plus aucun sachet. Ce qu'elle aime par-dessus tout, c'est être recouverte des poils de son chat démoniaque.

skyemackinnon.com/francais